人は燃やせば
骨と自己愛しか
残らない

木田橋 美和子

東京図書出版

娘、恵へ

Heavy Moon（重い月）――社会学に見切りをつけ、この本を書いたワケ

これから書き連ねようとしていることは、学問的観点から見て、はなはだ客観性に欠けることばかりだ。しっかり吟味した根拠があるわけではなく、体系立った研究や地道な調査に基づくものでもない。どれもこれも、友人のダンナが言うところのHeavy Moon（重い月＝思いつき）に過ぎない。いくら賞味期限切れとはいえ、これでは博士号の名が泣くというような代物になるだろう。しかし、のっけから予防線を張り言い訳を重ねるには深～い深～いワケがある。すっかり居直り、Heavy Moonに徹してモノを書こうという気になった理由があるのだ。

ニューヨークにあるコロンビア大学で社会学の博士号を取得したのは、ほとんど前世の出来事と言ってよいほど昔々の話。以後、学問とは全く関係のない生活を数十年送った後、殊勝にも、もう一度学び直したいと戻った大学は、数字が跋扈する統計学の世界だった。社会学の学術雑誌を開くと、論文の大半は統計分析手法の詳細な説明と数字のオンパレード。多くは、まずデータの数字を見てから都合のよいように構築したのではないかと勘繰

りたくなるような仮説が、「めでたく支持されました！」という筋書きになっている。信憑性を高めるためか、仮説を調整するにも限界があったのか、「仮説の一部は否定されたものの、大半が支持されました」というやや控え目なパターンも見られる。

テーマも、自分の関心がある事柄というよりも研究費が潤沢にある分野に集中し、もっぱらコンピュータの計算能力にモノを言わせ高度な回帰分析法を駆使した議論ばかりが目に付く。誰からも文句をつけられないよう統計学で完全武装して四方八方防御線を張り巡らし、アプローチは保身に終始。この場合も、あの場合も該当しないかもしれない、例外も多々あるに違いないし、まだ解明されていないこともゴマンとある……(それなら、言うな！)。そこからは、研究者のイキイキとした問いや好奇心が感じられない。大きな視点から論ずれば綻びや曖昧さを突かれるので研究対象は勢いチマチマとし、何十ページも紙幅を割いてそんなこと証明して一体何の意味があるのかと言いたくなるようなテーマを、慎重の上にも慎重を重ねて論じることになる。多くの研究者は「統計ドツボ」に嵌まり、何のための研究だったのかすっかり忘れてしまっているようだ。「人間の社会って、何でこんなふうになっているんだろう？　多くの人間は、どうしてこんな行動をとるのだろう？」と縦横に考えをめぐらす、アメリカの社会学者ライト・ミルズの言う「社会学的想像力」は、一体どこへ行ってしまったのだろう。

解剖学の教授である養老孟司は、数字を見ると、現代人の思考は止まってしまうと指摘する（『バカの壁をぶち壊せ！　正しい頭の使い方』日下公人／養老孟司著 27頁）。同教授によると、胎児の標本を見せられた学生は決まって「何カ月ですか？」と聞き、「4カ月だよ」と答えると次の質問は絶対に出て来ず、「数字を言うと、その瞬間に話が途切れる」そうだ。「生きていれば、何歳くらいだろう？」というように想像をめぐらす学生は見られないとのこと。数字は、水戸黄門の紋所のように、相手に有無を言わせぬ恐ろしい力をもつ。しかし、ロケットを宇宙の軌道に乗せようというのならともかく、社会学のような学問で数字を振り回し厳格な定量的考察を適用することに、一体どれだけ意味があるのだろう。

社会学は人の集まりを研究対象とするものなので、手法としてアンケート調査が広く使われる。そこで基本データとしてしばしば回答を求められる年齢とか年収くらいなら客観性がある数字だから高度な分析にも耐えられると思うかもしれないが、それだって聞かれた人が正しく答えるという保証はない。単純に間違える人の他に、見栄で年収を底上げして答える人や、願望を込めて年齢のサバを読む人もいるに違いない。分析に多く使われる政府の人口統計も、元になるのが個人が記入する国勢調査なら、その正確さなど保証の限りではない。そして極めつきは、数年前に発覚した日本政府の勤労統計不正事件。不正はこの勤労統計だけ、日本政府だけの問題だと誰が断言できるだろう。こうしたデータに基づき、多大な時間や労力、研究費を注ぎ込み、高度な統計学を使って一体どれだけ多くの研究結果が出されたのだろうと思うと、考えただけで頭がクラクラしてくる。

「あなたは、今の職場に満足していますか？」などというアンケートの質問に至っては、高度な統計学が意味をもつような客観性を求めることは絶望的だ。通常、「非常に満足している」「やや、満足している」「どちらとも言えない」「あまり満足していない」「非常に不満である」などの選択肢から回答を選ぶことになるが、そこに、どれだけの正確さを期待できるだろう。統計分析の精度を高めるため、さらに満足度を10段階スコアから選べと言われたら、3と4、あるいは7と8の間の差を一体どう考えたらよいのだろう。真面目な性格の人は、ひたすら苦悩することになるが、大抵の人はそこまで真剣に考えない。さっき、たまたま上司から仕事上の問題点を指摘されたり、ボーナスの額が思いの外、少ないことを知ったりしたばかりなら、ムッとしている気持ちの延長で「非常に不満である」に丸を付けるかもしれない。逆に、日頃不満タラタラでも、ちょっと気になっている職場の男性にランチに誘われたり、明日から5日間の連休というルンルン気分だったりしたら「やや、満足している」くらい奮発するかもしれない。人の気持ちなんて、そんなものだ。

それなのに、簡単な集計や平均くらいで傾向を見る程度ならまだしも、結果にロケットを飛ばす時と同レベルの「客観性」をもたせようと数字を多用し、高度な統計学手法を振り回す。最近の学術誌をペラペラめくると、あります、あります、その手の論文。たとえば、今、手元にあるのは、「犯罪が多く、失業者がゴロゴロいて荒廃した地域環境で育った子供は、大学で学士号を取得する確率が低い」ということを証明した過去の研究結果を、さらに詳しく掘り下げようというもの。そもそも、劣悪な生活環境と学位取得率低下の間に相関関係があることは、気温が低くなると半袖で歩いている人の数が減るといったことと同様、研究費と時間を投じて証明する必要があるようなものなのだろうか。ま、その疑問は置くとして、この論文の研究テーマは、対象をさらに細分化し、そのような劣悪な環境のインパクトは、黒人／ヒスパニックと白人の人種の違い、その他の条件の違いにより、どのように異なるかというもの。よくあるタイプのテーマ設定だ。

ご多分に漏れず数字満載。統計手法の説明には、研究課題の問題提起よりもはるかにリキが入っているのがヒシヒシと感じられる。20ページ以上の紙幅を割き、既存の時系列的データとインタビュー結果を分析した結果明らかになったのは、地域環境の悪化と学士号取得率の低下の相関関係が最も高いのは、世帯収入が高い（注：低いではない）黒人／ヒスパニックだったということ。じゃ何？　もし因果関係があるなら、黒人やヒスパニックは（白人にはなれないので）、子供に大学をちゃんと卒業してほしいなら、いっそビンボーになった方がいいのかな？　こういう「研究結果」って市の予算を取るために都合よく利用する以外に、何らかの実質的価値があるのだろうか。「始めにデータと統計手法ありき」のメンタリティが見え見えだ。本当は心中「？？？」と思っている研究者も結構いるのかもしれないが、そこは「裸の王様」。皆さん、年度末の評価を高め、研究助成金をゲットするには論文の数が大事だから、誰もそんなことオクビにも出さず、全員が共犯者となって「科学ごっこ」に興じている。

しかし、豆腐を切るのに、何も金属切断用レーザーカッターを持ち出す必要はあるまい。それに、こちとら老い先は短い。高度な統計学を駆使して「客観性」を証明するより、Heavy Moonで言いたい放題言う方が１００倍も面白い。しかも、長年疑問に思い、知りたいと思ってきたことは、こんな重箱の隅をつつくようなことではない。人はどうして、ここまで恋愛に血道を上げるのか、子供の頃から仲良くしてきたかくも多くの兄弟、姉妹が、なぜ親の遺産相続で性懲りもなく骨肉の争いを繰り広げるのか、どうして海外に行くと突然「日本贔屓」になるのか、はたまた、人生の終わり近くになって「私の人生、無駄だった！」と絶叫する人がそれほど多くいないのはなぜか等々のことだ。そして、どうせ重箱の隅をつつくなら、「品川ナンバー」の車を運転する人は、どうして「練馬ナンバー」の人をバカにするのかといったことを考える方がはるかに面白そうだ。

ということで、社会学の世界で繰り広げられる科学ごっこのゲームからは「一抜けた！」と失礼することに決めた。これが、ひたすら独善と偏見に基づくHeavy Moonの世界の人となった顚末だ。しつこいようだが、ここに書かれたことは高度な統計学どころか、何らの客観的データに裏付けられたものでもない。でも、何も人跡未踏の天王星までロケットを飛ばそうとしているわけはなく、唯一の財産は年齢という一高齢者が、人間が生きる社会を解釈する一つの「視点」を紹介しようとしているに過ぎないのだから、それでいいのではなかろうか？

重要なのは、自分がどこで納得できるかだけだ。物理学や天文学ではなく人間や社会に関する諸事象を理解するうえで、そもそも正しい、間違っているなどあるはずもない。あるのは、どのような観点や枠組みを使えば自分が納得できるストーリーを組み立てられるかという問題だけだ。目の前にある『日本経済新聞』を見て、それを情報源としての新聞と見るか、パッキングに使う新聞紙と見るか、はたまた毎週水曜日に出す回収ゴミと見るか、視点によって自分にとっての意味が異なるように、同じ現象を見ても、ストーリーの可能性は数限りなくある。自分にとって最も説得力がある視点に基づいて整理し、スッキリ「分かっちゃった」気分になれるならHeavy Moonでよしとしよう。

ついでだから、さらに居直って言わせてもらえば、統計学に裏付けられた「客観性」だって、いつひっくり返るか分かったものではない。かつて人々は、絶対的真理とされた宗教に裏付けられた天動説を信じていたが、後々、それは科学の進歩により覆され、地動説こそが正しいとされるようになった。しかし、天動説を信じたまま死んでいった人々が、あの世で自分の不明を恥じ身の置き所がない状況に陥っているという噂は聞いていないし、地動説が永劫不変に絶対正しいという保証だってない。世界中の人々は、トランプ大統領が大暴れした4年間に「客観性」や「科学」がいとも簡単に拒否され覆される様子を、たっぷりと見学させてもらったではないか。

分かっちゃった——はじめに

火事や天災で逃げ惑う時、人は「自分は、何のために生きているのか？」などといったことは考えないだろう。それほど差し迫った状況でなくても、子育てやら仕事やらに追いまくられ寝る時間すら満足に確保できない時期には、人は概して抽象的なことはあまり考えないものだ。頭の大半を占めるのは、子供の風邪の具合や夕食の献立とか売上ノルマの達成など目先のこと。視野を広げても、せいぜい、いつマイホームを買えるか、いつ課長になれるかといった程度のことで、通常、人生の意味やら目的などということにまでは頭が回らない。

年を取ることの不幸の一つは、すっかりボケる前に考える時間がたっぷりとできることかもしれない。しかし、暇に任せて「自分は何のために生きるのか？」、「人生とは、何ぞや？」などと考えるのは不幸の始まり。何ら客観的根拠がなくても宗教の教えなどをスンナリ信じられる人は別だが、元々目的などあるとも思えない人生に意味を見出そうとすること自体にムリがある。所詮は負け戦だ。意味がなかったからといって、今更やり直せるわけでもない。何とかそれらしきことを思いついて達観し、心穏やかに過ごせるようになれるなら結構だが、あれやこれや理不尽なことがやたらと多いのが人生。自分をうまく言いくるめるのは容易ではない。したがって、いくら暇とはいえ、所詮考えても仕方ない人生の意味やら目的やらといったことについて考えを巡らせるのは、やはり時間の無駄のように思える。

そのため、人生の意味や目的は不明のまま馬齢を重ねてきたが、社会活動の中心から外れて時間ができ、暇を持て余して来し方を思い返したり周囲の様子をつぶさに観察したりするうちに、否が応でも世の中や人生のからくりが見えてくる。手品は、からくりが分かると面白くなくなるのと同じように、人生もからくりが見えてくると、残念ながら面白味が激減してしまうのは致し方ない。さらに、からくりが分かってしまうと、どうでもよいことが増えるので、人生、いよいよもってエキサイトできなくなる。しかし、そうは言っても人間は考える葦だ。からくりが分かること自体が面白い。「それが分かって、どうする？」と聞かれると返答に窮するが、「分かっちゃった！」と思えるのは、パズルの最後のピースがピタッと嵌まった時のように、それなりの快感があるものだ。これも時間の無駄と言えば無駄に違いないが、多分にエンターテインメントとしての要素がある点に救いがある。

「人は燃やせば骨と自己愛しか残らない」。これが70年余りの人生を経て「分かっちゃった」ことの結論だ。「あなたは、自己愛が強い」と言われると、オマエは利己的だ、またはナルシストだと言われたような気になって、たいていの人は憮然とするだろう。しかし、自己愛が強いのは何も「オマエ」だけに限ったことではなく、全ての人は自己愛をコアとして生きている。世の中や人生のからくりを解き明かすうえで最も重要なコンセプト、汎用性の高いツールは何かと問われれば（私に聞いてくれる人がいればの話だが）、答えは迷わず「自己愛」だ。崇高な行為も卑劣な行為も、はたまた不可解な行為も、人間の行動や感情の90％は自己愛で上手く説明できそうだ（本当は１００％と言いたいところだが、万一見落としている点があるといけないので、安全を見て90％に留めておく）。人間は自己愛に始まり、自己愛に終わる。ピリオド。他人の歯形が付いた羊羹はとても食べられないが、付いているのが自分の歯形ならノー・プロブレム、美味しく食べられるということに尽きる。

単に馬齢を重ねたというだけで、なぜそこまで自信をもって断言できるのか。それには二つの理由が考えられる。第一の理由は、正に馬齢をたっぷりと重ねたということ自体だ。年を取ると社会的な地位や役割、肉体的魅力や美貌など自己愛の支えとなる自分の価値が急速に目減りするため、価値喪失と、その維持に対する意識が鋭敏になる。その結果、「価値ある私」を何とか維持しようとあがき、あれやこれやと策を巡らすことになるので、自己愛の形がくっきりと見えやすくなる。実際、「人は燃やせば骨と自己愛しか残らない」説(?)は、加齢と年齢に関する考察の中から生まれたものだった。

第二の理由としては、図らずも40年以上の長きにわたりアメリカに住むハメになったことが多分に影響していると思われる。燃やせば骨と自己愛しか残らないのは人類共通。基本、アメリカ人も日本人も違いはない。おそらくネアンデルタール人でさえ大差ないだろう。しかし、その「本性」をどのように、あるいはどの程度ストレートに表現するかは文化によって異なるし、多分、時代によっても異なるのだろう。誰もがこの本性をナマのまま全開にして生きるとかなりの混乱が予想されるので、社会は様々な形で人々の自己愛の表現の仕方をコントロールするし、個々の人も自己愛の発露を自制したり、それが何か別のものに見えるよう上手くカモフラージュしたり、あるいは自己愛に関連する価値観や定義をポジティブな形に修正したりしながら生きている。そして、そのやり方は人類共通ではなさそうだ。

アメリカ人は決して日本人より自己愛が強いわけではないが、大まかに言うとアメリカ社会の基調は自己愛を尊重する傾向が強く、自己愛の脚色も巧みで、それを支援する価値観や定義の修正も大々的に行われる。世界のどの国よりも明確かつ強力に個人主義を標榜する米国は、その一側面として、基本的に、より多くの人がより多くの面でポジティブな形で自己愛を満たせるような社会を目指してきたように思える。そのためアメリカで暮らしていると、根本的には自己愛から発生していると思われる様々な現象の本質が見えやすく、背後にあるからくりも解明しやすくなる。日本人として異なる感覚や視点を持つ者には、舞台裏がよく見えるという利点もある。さらに、そうしたからくりに気づくことで、逆に日本人特有の自己愛への対応法も見えてくるというメリットもあるだろう。つまり、「老後の暇」に「馬齢」と「異文化体験」を掛け合わせた結果「分かっちゃった！」となった次第だ。

斎藤美奈子は『文庫解説ワンダーランド』で、「これって、あれじゃん」と、まるで関係なく思えるAとBが「同じだ」と指摘された時、人はだいたい驚き、感動するものだと指摘している（131―132頁）。ここでの「分かっちゃった」も同様、それまで無関係に思えた様々な現象が、「み〜んな自己愛のバリエーションじゃん」と合点がいったということだ。ただし、これは中学生の頃、二次方程式の解き方が「分かった」というのとは異質の「分かった」だ。二次方程式の解き方は、それ以前は全く知らなかったこと。しかし、ここで言う「分かっちゃった」は、長年の間に、すでに自分が見聞きし知っているが何の脈絡もないように見えた数多くのことが、「自己愛」という共通項で繋がることに気づいたという点で根本的に異なる。「それが、どうした？」いえいえ、どうもしません。ただスッキリしただけです。でも、お陰様でスッキリ死ねそうな気さえしてくるのですよ。

そんなことを言いながら、平知盛のように「見るべき程のことは見つ」と言い放って潔く自害するでもなく、浅智恵を振りかざして人生「分かっちゃった〜」などとほざきながらズルズル生きていると、必ずや顰蹙を買うことになる。さらに調子に乗って「分かっちゃった」内容を得々と説明しようものなら、所詮は浅知恵。迷惑がられるばかりでなく、馬脚を露し片端からこっぴどく論破されるに決まっている。この年になってまでそんな目には遭いたくないので、「ウソだと思うなら、実際に火を付けて燃やしてみれば？」と言い捨てて撤退することも可能だが、思ったことを言わずにいるのは腹膨るる思いではなはだ体に悪い。ということで、健康維持のためにコンピュータの画面に書き記すことに相成った次第だ。

ただし、「人は燃やせば骨と自己愛しか残らない」という説に初めから納得がゆかないという向きは、たとえどんなに暇があっても、これ以上読み進むのは時間の無駄だと予め勧告しておきたい。ホント、始めから終わりまで、その話ばかりだからだ。しかも、偏見と独善に満ち満ちたHeavy Moon話だ。でも本を買った以上は勿体ないということで、致し方なくこれを読むハメになった場合は、婆さんの独り言と思って何事も寛大に受け容れるか、はたまた、暇つぶしができたことで満足し深く考えないのが一番。論理の破綻、誤解、曲解、矛盾、独善などにいちいち目くじらをたて、論破するために貴重な時間やエネルギーを使うには及ばない。さて、薬の但し書きのように、ここまでしっかり予防線を張っておけば大丈夫だろうから、安心してHeavy Moon話を始めることにしよう。

人は燃やせば骨と自己愛しか残らない ❖ 目次

自己愛について

その昔、職場の同僚に「軽薄」が洋服を着たようなお兄さんがいた。ある日、ランチで一緒にカレーを食べていた時のこと。「ねえ、ねえ、ネギシ（筆者の本名）さんって、どんな男が好きなの？」としつこく質問するので、面倒だから「じゃ、サナダ君はどんな女の子が好きなの？」と逆に質問を返したところ、このチャラいお兄さん、しばし考えた後、「自分に夢中になってくれる子かな」との名回答が返ってきた。人は見かけによらない。若干28歳でこんな賢い答えができる人が一体どれだけいるかと、以後、大いに見直した次第だ。四の五の言っても、結局、人は自分を素敵だと思ってくれる人、他の人より自分の方がよいと思ってくれる人が好きなのだ。

「褒め殺しのカズコ」と呼ばれている友達もいる。この人は世渡りの達人だ。その秘訣は、とにかく相手を褒めまくること。この強力なツールは、特に日本人の中高年男性に面白いほどの効力を発揮する。中高年男性の多くは職場や家庭で粗末にされているのか、ちょっと好みの女に「よくご存じですねえ……」とか「ゴルフのフォーム、プロみたい」、「ホント、ホント、おっしゃる通りです」なんて言われただけでイチコロだ。チラリとお世辞かな？　と思ったとしても、結局、人は自分を高く評価してくれる人、自分を褒めてくれる人、自分の正しさを認めてくれる人が好きなのだ。

恋人や夫婦で相手を選んだ理由を聞くと、多くの人は相手の美点を指摘するのではなく、「価値観が似ている」とか「趣味が同じ」、あるいは食べ物の好みや家庭環境などに様々な共通点があることを挙げる。「優しい」というのもよく聞かれる理由だが、これは、相手が自分の気持ちや状況を無条件に支持してくれる、またはそれに逆らわない言動をするということを意味する。つまり針が「好き」方向に振れる時、その原動力となるのは相手が単独にもっている資質というより、むしろ自分の価値観や好み、その他の属性を肯定し高く評価してくれること、または自分の気持ちや状況を尊重してくれることなのだ。

「好き」とまで言わずとも「良い人」というのも、聖書の教えに従い清く正しく生きていたり、交通信号一つ違反せず規則や法律に則って清廉潔白に暮らしたりしている人ではなく、自分に親切にしてくれる人や自分の立場を支持してくれる人である場合が多い。「良い人」とは、帰りがけに雨が降り出したので、疲れているにもかかわらず車で駅まで送ってくれた人だったり、自分が失敗した時それを非難する代わりに、「指示が分かりにくかったから、仕方ないよね」などとフォローしてくれる人だったりする。あるいは、自分に対して敬意を払う礼儀正しい人や、上から目線で威張らない人も「良い人」。「良い人」とは、言い換えれば「自分にとって都合の良い人」ということだ。逆に、たとえそれが正しくても、自分の間違いを指摘する人や、自分より仕事ができる、自分よりお金持ち、自分より美しいなどの特性により、相対的に自分の価値を脅かす人は都合がよろしくないため素直に褒め讃えるのは難しく、何やかや欠点を見つけては、「嫌な人」、「苦手な人」のレッテルを貼りがちだ。

ことほど左様に、様々なバリエーションがあるため一見異なる様相を呈していても、突き詰めれば、人間、一番大好きなのは自分、一番大切なのは自分ということ。自分、自分、自分。燃やせば骨と自己愛しか残らないという事実に変わりはない。と威勢よく言ったものの、自己愛とは何かというのは全くもって自明のことではない。利己主義、ナルシシズムなどのコンセプトとの関連性も定かではない。精神医学、心理学の分野では四苦八苦して「自己愛」の定義づけをしようとしているようだが、こんな正体不明なものを定義するのは至難の業だ。

少なくともアメリカで見る限り、この分野における近年の主流はエーリヒ・フロムやカール・ロジャーズに端を発するもののようで、この流れでは、精神科医のセラピーという立場から、自分を肯定的に捉えることの重要性を強調する傾向が強く見られる。自己愛もポジティブなものと位置づけられ、「利己主義」や「ナルシシズム」と似て非なるものではないどころか、むしろそれらとは対極をなすものだと主張する。他者を愛することが徳であるなら、同じく人間である自分を愛することも徳であるはず、他者を愛することは自分を愛することから始まると、まるで笹川良一の「人類、皆兄弟」みたいな論調で、自己愛と対象愛の二律背反性を否定する。こうしたアプローチはセラピーの道具としては有効なものなのだろうが、今ひとつしっくりこない。

偉い学者先生方が多くの研究結果に基づき主張されることを、きちんと原典にも当たらず中途半端な知識で云々するのも憚られるが、そこはそれHeavy Moonの強みで言わせてもらえば、自己愛とは、潜在的に他者との対比を踏まえたもののように思われる。それは、人間が他者とは異なる「個」として存在するという事実から自然に発生する、無条件の

「自分は価値あるものだ」という思いだと考える方が納得しやすい。そして、「利己主義」や「ナルシシズム」または「自尊心」といったものは、いずれも、その自然な思いに対する一つの対応の仕方と捉えることはできないだろうか。

自己愛とは、もしかしたら単に他の人がご飯を食べているのを見ても自分は満腹にならないというレベルの事象なのかもしれない。それならいっそのこと、自己愛とは、「他人の歯形が付いた羊羹は気持ち悪いけれど、自分の歯形が付いた羊羹なら美味しく食べられるということ」と定義したらどうだろう。もっとも、よほどの甘党でもない限り人はそう再々羊羹を食べないし、羊羹は苦手という人もいるのであまり適切ではないかもしれない。しかも、日本人以外は羊羹が何であるかも分からないので、著しく普遍性に欠けるという難点もある。

そこで、ここでは話を先に進めるため勝手に、自己愛とは「人間が『個』の存在として生きることから自然に発生する、無条件の『自分は価値あるものだ』という思い」ということにしよう。学者の先生方は快く「了解！」とはおっしゃらないだろうが、羊羹の定義よりは多くの賛同を得られるのではないか。しかし、それでシャンシャンと決着がつくなら話はこれで終わりだが、問題はその先だ。人間は、無条件で根拠のない「私は価値がある」という思いだけでは満足できず、どうしても、それに何かしら理由をつけたくなる。なぜ私は価値があるかという理由づけを求めるから話がややこしくなるし、人間観察が面白くもなる。

この「何らかの理由づけをしたい」という思いは、具体的には、能力や美貌あるいは財力といった自分が持つ価値を他者に認めてもらいたい、さらに、自分自身がその価値を確認したいという欲求となって表れる。たとえば、それが料理であっても会社のプロジェクトであっても、多くの人には、自分の仕事を他者に高く評価してもらいたい、そして自分でも満足のゆく成果だったと思いたいという欲求があるだろう。料理の評判が上々だったりプロジェクトが大成功したりすれば、人は誇らしい気分になると同時に、満足感や達成感を味わえる。つまり、無条件で根拠のない「私は価値がある」という漫然とした思いを持つだけでなく、それに具体的な理由づけをしたいという、自己愛から派生したニーズが満たされることになる。

これは、マーケティング戦略などで広く使われる、アメリカの心理学者アブラハム・マズローの「欲求5段階説」を参照すると分かりやすい。マズローの法則では、人間の欲求にはピラミッド型に下から順に「生理的欲求」、「安全の欲求」、「社会的欲求」、「承認欲求」、「自己実現の欲求」という五つの段階があるとされる（後で第6段階目も付け足したが、ここでは省略）。人は、生命維持に必要な第1段階目の「生理的欲求」が満たされたら、次に安全で安定した環境を求め、それもクリアされたら孤立を避けるために社会集団への所属を求めるというように、次第に高次の欲求を持つようになる。自己愛との関連で特に注目したい第4段階目の「承認欲求」は、二種類に細分化される。一つは他者に自分の価値を認めて欲しいという欲求、もう一つは他者の評価だけでなく、自分自身も自分の価値を承認、確認したいという欲求だ。「自己実現の欲求」という、さらに高度で抽象的な次の段階に至る前に、とりあえず、この二種の「承認欲求」を満たさないことには、人はハッピーになれないというわけだ。

「承認欲求」は欲求ピラミッドの最高レベルではないから、クリアするのは大して難しくないだろうと思うかもしれないが、タカをくくってはいけない。何をどのような形で他者にアピールし承認してもらい、どのような価値を自分の価値とし、どのように確認できれば自分自身を価値あるものとして認識できるかというのは、空いているお腹を満たしたり、オオカミを追い払って危険を回避したりする方法ほど分かりやすくはないからだ。

それに追い打ちをかけるかのように、現代は、価値が急速に多様化、変化、抽象化される傾向が見られるため、ハードルがさらに高くなっているという点も無視できない。一般に価値の多様化は望ましいこととされるが、この観点から考えると、それほど有難いことではないのかもしれない。広く認められた価値が定着し、周囲がそれをサポートしているような世の中なら、人は社会が調達してくれる価値を使って比較的容易に他者の承認を得、自分を満足させることができるだろう。偏差値の高い大学を出ること、社会的評価の高い職に就くこと、後で後悔するにしても、とりあえず条件が揃った人と結婚してマトモな家庭を築くこと、あるいは巨万の富を手に入れたり、特定の美しさを備えたりすることが他者から評価され高い自己評価にもつながるなら、たとえ実現は容易でなくても、方向性が決まっているだけ対応しやすい。

ところが近年は、医者や弁護士になるよりユーチューバーやシェフになる方がいいとか、結婚なんかしないでシングルライフが一番など異なる価値観がゴロゴロ出現し、社会がどの価値も明確にサポートしないため、個々人が無手勝流で価値探しに奔走しなければならない状況になっている。そうなると、自他共に承認できる「価値ある私」になるのは容易なことではない。しかし一方で、価値の多様化や変化により、自分に都合のよい価値を創出する余地ができたというプラス面もある。これまで社会で定着し主流となってきた価値が手に入らない、または、それが自分にとって不都合なものなら、新たな価値に基づいて「価値ある私」を実現するチャンスはいくらでもある。

こんな世の中なので、燃やせば骨と自己愛しか残らない存在だからといっても、人はナルシスみたいに、日がな水に映る自分の姿を眺めて暮らすほど暇にしているわけにはゆかない。様々な価値が出没する群雄割拠の戦国時代みたいな状況の中で、あらゆるテクニックやツールを駆使しながら「価値ある私」を実現する必要がある。そのためには価値の特定、価値の確認、価値の維持、価値の強化に勤しむばかりか、価値の再定義や新しい価値の創出でゲーム・チェンジを図ったり、パラダイム・シフトを試みたりすることも必要になるだろう。以下に続く25のストーリーは、そうした人間の営みで見られるテクニックやツール、あるいは、関係なさそうに見えても、実は自己愛に基づくと思われる様々な現象を捉えた「自己愛の風景」のスケッチだ。中には、アメリカで特にくっきりと見える風景、日本での方がよく見られる風景、あるいは両方の社会に共通する風景もある。観光バスにでも乗った気分で、ゆっくりと景色をお楽しみいただきたい。

自己愛の風景

価値は創られる

その1　比較合戦

中学や高校の卒業50周年記念の同窓会では、誰もが会場をさりげなく見まわし、自分が多くの友達より若く見えることを確認してニンマリするに違いない（因みに多くの調査では、洋の東西を問わず、たいていの人は自分は実年齢よりはるかに若く見えると認識しているとの結果が見られる）。冷静に判断し、残念ながらあまり望ましい結果が得られなかった場合は、さらにリキを入れて詳細に観察し、自分より老けて見える人を目ざとく探し出してとりあえず安堵することだろう。そして、懐かしい友達と来し方を振り返りながらも、話の端々から得られる情報に基づき、自分の方が「シアワセ」に暮らしてきたこと、仕事で成功したこと、はたまた孫の写真を見せ合って自分の孫の方が可愛いこと、優秀であることを密かに確認するに違いない。こんなことを指摘しようものなら、誰もがきっと心外という顔をするだろうが、燃やせば骨と自己愛しか残らないのが人間。よ〜く胸に手を当てて考え、絶対にそんなことチラとも思わなかったと断言できる人はどのくらいいるだろうか。

自己愛を満足させるために必要な「自分の価値」確認に一番手軽な方法は、他者と比較して自分の相対的な価値の高さ、つまり優位性を確認することだ。比較の尺度は、財力、学力、美貌、体格、家柄、学歴、社会的地位など稀少性の高いものから、人種、性別、年齢など何の努力も必要なく、かつ、かなり多くの人が手に入れられるものまで、数限りなくある。同じ尺度でも、185センチの長身自慢の男性が身長170センチの男性に優越感を感じると同時に、170センチの男性は163センチの背の低い男性を密かに見下すという、カテゴリー内での差別化メカニズムもある。

黒人以外の人にとっては「黒人」は黒人だが、黒人の中では黒さの度合いが薄い人ほどランクが上というのが一般的だ。東京出身の人は地方出身の人を心の中で見下し、東京でも23区内のナンバーを付けた車で走る人は都下のナンバープレートの車を密かにバカにし、さらに、同じ23区でも品川ナンバーと練馬ナンバーでは歴然とした格差がある。同様に、ニューヨーク市はニューヨーク市でもマンハッタンに住む人はクイーンズに住む人に優越感をもち、マンハッタンでもイーストサイドの住人はウエストサイドの人々を小馬鹿にし、「一流大学卒」でも東大卒は心の中で早慶卒より自分は優秀だと思っているetc. etc. という具合に、細分化による上下の差は限りがない。

地球人だということで火星人に優越感を感じるほど視野の広い人は稀かもしれないが、ほとんどの人は、よく考えれば心底アホらしい尺度を持ち出し、たとえ声高に言わないまでも、折に触れ他者と比較しながら自分の価値や優位性を確認しているものだ。時に「オレ、三流大学出だから」とか「私はブスだから」とか、一見謙遜しているように聞こえる発言があっても、多くの場合、「そんなこと言っても、バッチリ稼いでるじゃないですか」とか「いわゆる美人じゃないかもしれないけど、すごく個性的よ」とかいう言葉を引き出すための誘い水に過ぎないので要注意。本当に深く絶望している人は、そういう発言はしないものだ。

しかし幸いなことに、自分が優位性を感じられる尺度はほとんど無尽蔵にあるので、どんな人でも仔細に調べれば何かしら適切な比較ツールが見つかるものだ。他の人がどう思おうと、とりあえずは自分を納得させられればいいのだから、客観的にはかなり困難と思われる状況でも、自分に有利な比較ツールを見つけることができる。ある老人ホームでは、独力で食事ができる老人は介助を要する人を見下すので、食堂の座席の配置を工夫して介助の様子が見えないようにする必要があると言う。きっと、２本足で歩ける人は杖が必要な人を、杖を使って歩ける人は車椅子の人を、トイレに行ける人はオムツを使っている人を見て密かに自分の優位性を確認しているに違いない。因みにアメリカの歴史は、新たな移民によって自分よりランクが下の人を作る歴史だったと見ることもできる。元々、本国で社会の本流から外れ優位性を確認するツールに乏しかったイギリス人が新天地アメリカに入植し、遅れてやって来たアイルランド人やイタリア人を見下し、それらの人々はさらに後からやって来たポーランドをはじめとする東欧系の移民、さらにはメキシコ人を中心とする南米系やアジア系を見下して優位性を確認するといった順番を経、下には下があるということで、自分より「下」と思える人を次々と誘致してきたわけだ。

いよいよ自分に有利な比較ツールに事欠くとなれば、人は本来ネガティブなことまで活用することも辞さない。高齢者の間で頻繁に見られるのが「病気自慢」。挨拶と孫自慢が終わると、通常、高齢者の話題は体の不調へと移る。その場合、コレステロール値でも血圧でも相手より症状がひどい方が優位性を感じられるようで、自分の方が他者よりいかに体調不良かを得々と話すことで満足する。高齢者でなくても、肩こりや腰痛で指圧診療所に行き「患者さん色々いらっしゃいますが、こんなひどい凝りはめったにないですよ」などと言われると、本当ならガックリすべきところ、なぜか褒められた気がして得意になるものだ。逆に「あなた、全然凝ってませんよ」と言われたら、喜ぶどころか、かえって気を悪くしかねない。「苦労自慢」もよく見られる。姑の嫁いびりなどでも、「ウチなんか、もっとひどいんだから」と姑の底意地悪い仕打ちをたっぷり尾ひれを付けて披露する。他の人よりもひどい仕打ちを受けている方が優位に感じられるというのも変な話だが、人は、とにかく他者を凌駕し、何でもよいから優位に立ちたいのだ。

そして極めつけは、「他人の不幸は蜜の味」。積極的に優位性を確認する尺度が見つからなくても、他人様の不幸は、相対的に自分の優位性を確認する格好の機会となる。人は自分以外の人の幸福を心から喜ぶことができると同時に、時には他人の幸福を妬むばかりか、密かに不幸を期待したり喜んだりすることがあるのも事実だ。それは根性が悪いからではなく人間の本性に根づくものなので、思い当たる節があっても決して自己嫌悪するには及ばない。もちろん、まともな人なら、近所の家が火事になったとか、友人が重篤な病に冒されたと聞くや、鉦や太鼓を打ち鳴らし喜々として自分の相対的優位性を噛みしめるといった反応はしない。しかし、自分の夫にそこはかとなく不満があるところに、友人の夫がオンナを作って出て行ったとか、会社の金を使い込んでクビになったとかいうドラマチックな話を聞けば、その不幸の詳細を根掘り葉掘り探り出し、私の方がまだマシだと、密かに我が身の相対的優位性を確認するものだ。日頃ちょっと鼻についていた学力優秀なヨソの子供がお受験に失敗したら、公立校へ進学するパッとしない我が子との「格差」が解消されたようで溜飲が下がり、チラリと嬉しかったりもするだろう。

こうした尽きせぬ比較合戦でも、自分に有利な尺度をたくさん持っている人は、一般に各々の尺度について寛容になれるが、あまり手持ちの札がない人は、なけなしの価値をことさら誇張し死守することが重要になり、極端に差別的考えをもつようになるという傾向も見られる。たとえば、高い学歴、収入、社会的地位をもつ人は「白人」であることにそれほど固執しなくても他の要素で充分に優位性を確認できるので、人種については比較的リベラルになれる。しかし、気がつけばミドルクラスから社会の底辺層に転落してしまった「ホワイト・トラッシュ」と呼ばれる貧困白人層の間で人種差別が激しいのは、「白人であること」が唯一の優位性確認ツールとなっているためと解釈すれば話は分かりやすい。

いずれにせよ、要は、何とかして自分は他人より優れていると思いたいわけだから、自分にとって不都合な尺度は一蹴し、有利な尺度を拡大して前面に振りかざすというのも広く見られる現象だ。容貌や学歴には自信がないが資産はたんまりという人は、できることなら値札をつけたまま腕にはめていたいような高価な腕時計をチラつかせながら「男は顔じゃない。学歴にこだわるのもバカげている。学歴があってもビンボーではねぇ。人生の成功は、何と言っても最終的にはカネだよ、カネ。金だからねぇ君、はっ、はっ、はっ」ということになる。

こうした、人間がもつ普遍的な優位性確認欲求を巧みに活用しているのは、商品やサービスを売り込もうとする企業だ。ネーミングや広告で、人の優越感をくすぐるようなランク付けツールを駆使している例は枚挙に暇がない。その最たるものは航空会社。最近は、飛行機に乗る際もファースト・クラス、ビジネス・クラス、エコノミー・クラスの3段階ばかりか、同じエコノミー・クラスでも払った料金別に細分化され、まずは高いクラスのお客様が意気揚々と搭乗。以下ランクに従って順番に呼ばれ、最後にようやく搭乗を許される旅客は、衆目の中で最貧民の烙印を押されることになる。機内サービスの内容はもちろん、セキュリティの列も、空港ラウンジの中も、機内持ち込みの手荷物の数にも明確な格差がある（客室乗務員の容姿にもクラス別で違いがあるという説もあるが、どうだろう？　あったとしても東洋や中東の航空会社の話で、ほぼ全員がやる気なさそうな中年女というアメリカの航空会社には該当しない）。少しでも自分の優位性を感じればハッピーになるという人の心理をうまく使い、旅客を徹底的にランク付けすることで収益を上げようという、あこぎながらも賢い商法だ。

少なくとも先進諸国では、格差をなくして平等化を図ろうというのが、近年、社会全般に見られる基本路線だ。しかし、いくら法律や規則を作って表面的に地ならししても一向に格差がなくならないのは、このように、「比較」が、人間の本性に根差した優位性確認欲求を満たすうえで重要なツールとなっているからだろう。一つの比較基準を強引に叩き潰しても、すぐに別の基準が生まれるモグラたたき。比較合戦が終わることはない。

その2　松竹梅

多国籍企業向け翻訳業で細々と身過ぎ世過ぎする者にとって有難いのは、最近、社内のダイバーシティ、つまり様々な特性をもつ社員を雇用して多様性を促進しようという米国企業から、日本法人向けに新ポリシーの翻訳依頼が増えていることだ。コンセプトの説明や実践だけでなく、日本でもダイバーシティという用語まで定着させようという意気込みで、もう「多様性」などというど堅苦しい言葉に翻訳せず、そのままカタカナで表記してほしいと要求する企業も少なくない。

こうしたポリシーの背後には、企業だけでなく、大学や政界を含む社会全般で、異なる性的指向、年齢、人種、文化背景などの人々を差別せず、広く受け容れてゆくべきだという差別禁止の考えがある。差別を否定する価値観は民主主義を標榜する国なら、ほとんどどこでも見られるものだが、具体的内容や社会における重要性、注目度は、歴史的、文化的背景により大きく異なる。日本でも女性、部落民、在日韓国・朝鮮人の差別反対といった流れはあり、それなりの成果を挙げてきたものの（それにしても、一体誰が「男女共同参画」なんて、まるで中国のプロパガンダに使われるような言葉を作ったのだろう？）、アメリカで見られる差別問題に注がれるエネルギーの大きさには到底及ばない。

日本では定年の年齢はジワジワ引き上げられているが、相変わらず定年制が合法であるのに対し、アメリカではこれは年齢差別であるとして、いくつかの例外的業種を除き、１９６７年に早々と違法化された。１９７６年には陸軍士官学校ウエストポイントに初の女性が入学するなど女性差別も次々と是正され、最近では同性愛はじめ、いわゆるＬＧＢＴＱの差別撤廃機運がいや増しに高まっている。しかし、アメリカの差別問題の中核は何と言っても人種差別、特に黒人差別だ。最近も、何カ月もの間、どちらを見ても話題は新型コロナ感染一辺倒だったのが、ミネアポリスで白人警察官の暴行により黒人男性が死亡した事件が起こるや、以後、数週間、国中が新型コロナをすっかり忘れ、ついでにマスクも忘れて多くの人が黒人差別抗議のデモや集会に殺到、世の中から一時コロナが完全に消え失せたかのような現象が見られたのは記憶に新しい。

このように、差別に殊更敏感に反応するアメリカ人がダイバーシティを重視し、企業や大学が競ってダイバーシティ推進ポリシーを導入するのは当然だろう。しかし、差別禁止とダイバーシティの考え方には密接な関係があるものの、そこには根本的な違いがある。主張の正当性を裏付ける根拠の有無だ。年齢、人種、性的指向などの違いで人を差別するのは間違ったことだというのは、今日、アメリカでなくても先進民主国家では、少なくとも表面上は常識とされる。しかし、よくよく考えてみると、その根拠はそれほど自明というわけではない。突然「神は人間を平等に創り給うた」と言われても、全員が即、納得というわけにはゆかないし、「天は人の上に人を造らず、人の下に人を造らずといへり」という福沢諭吉の有名な一文もあるが、「いへり」で何やら曖昧にはぐらかされて、なぜそう言われているのかという理由は説明されていない。

ところがダイバーシティを標榜する人々は、単にそれが正しいと主張するだけでなく、そこに客観的な根拠づけを与えようとする。昔から衆智を集めると良い案が生まれると言われるが、ダイバーシティを謳う企業の多くでは、体系立った調査結果を踏まえて、その具体的メリットを列挙する。曰く、ダイバーシティは創造性と問題解決を促進する、より優れた意思決定へと導く、従業員の労働意欲と定着率を上昇させる、会社の評判を高めるなど、など。より功利的に、収益性と生産性を向上させるというのもある。やや古くなるが、２００７年に女性役員が多い欧州企業89社の分析を行い、これらの企業のＲＯＥ（株主資本利益率）、ＥＢＩＴ（利払いおよび税引前利益）、株価上昇率が同業他社の平均より高いことを実証したコンサルティング会社マッキンゼーの調査は、未だによく引き合いに出される。つまりダイバーシティは、わざわざ「神」や「天」を持ち出さなくても、実利的観点から多くのメリットをもたらすことを主張でき、時には測定可能な数字で根拠を示すことによって、その正当性を実証できるのだ。

これは、長年にわたり差別され、自分の価値が否定されてきた人々にとっては、とてつもなく大きな意味をもつことだと言えよう。「松、松、松」の組み合わせより「松、竹、梅」と組み合わせた方が全体として多くの価値が生まれるというのだから、「竹」や「梅」にとって、これ以上の朗報はあるまい。これまで「竹」だ「梅」だと貶められ蔑まれ、多くの不利益を被ってきたのに、「松」ばかり集めるより、「竹」や「梅」も交ぜた方が企業の収益が高まるというのだから、世界が１８０度転換したようなものだ。

歴史を振り返るまでもなく、差別反対は、いくら声高に叫んでも本当に払拭されることは期待できない。なぜなら、燃やせば骨と自己愛しか残らない人間は、誰でも自分の相対的価値を高めたい一心で、差別化する対象を果てしなく探し求めるものだからだ。いくら差別禁止と言われても、潜在的比較願望がなくならない限り差別が入り込む余地は際限なくある。しかし企業における採用の際に、ダイバーシティを考慮しないと会社の評判は悪くなるしアイデアが硬直化し収益が落ちるかもしれない、あるいは、大学の学生募集で、様々な国や人種、経済環境の学生を男女比率よく入学させれば、教育や研究の質が高まるばかりか、大学のイメージが上がり優秀な学生を誘致でき、寄付もたくさん集まるということであれば——そりゃ話は別だ。単に「正しい」だけでは不充分だが、「得になる」というなら「竹」や「梅」を加えることは一考に値するし、それに反対する人の説得も容易になる。

差別を受ける女性の場合を考えると、いくら「紅一点」などともてはやされても、単なるアリバイやお飾りとして取ってつけたように役員会に加えてもらったのでは嬉しさも中くらいなりだ。しかし、女性の視点が加わることで問題解決が促進され、会社の収益も高まるという考えが定着すれば、居心地はずっと良くなる。雇用延長で定年が延びても、役職を剝奪され給料も激減し窓際に追いやられたら肩身が狭いが、高齢者を要所要所に配属することで会社に実質的価値がもたらされると皆が心の底から信じるようになれば、高齢者の立場や待遇も見直されるだろう。

ここで注目すべきは、ダイバーシティを推進するために、女性や高齢者、人種的マイノリティーたちは、デモや集会で抗議したり、口角泡を飛ばして自らの価値を主張したりする必要はないという点だ。ダイバーシティは「竹」や「松」の個別の価値を云々するのではなく、異質のものを組み合わせること自体でもたらされる実質的価値を主張するものだからだ。実利的観点からダイバーシティが望ましいとなれば、「竹」や「梅」はもとより、柳だろうが椿だろうが、異なる特性をもつすべての人に潜在的価値が付与されることになる。混ぜるものが特殊であればあるほど複雑で味わい深いカクテルが実現されるので、その効果も高まろうというものだ。ダイバーシティは、自分の価値を確認するのが難しい「松」以外の人々にとり、価値創造の究極のツールとなるだけでなく、とてつもなく汎用性の高い価値創造メカニズムなのだ。そうした考えが社会の隅々まで行き渡るよう暗躍したのは、「神」や「天」ではなく、「竹」や「梅」であったことは言うまでもない。

その3　パリコレ人

報道で見るパリ・オートクチュール・コレクション、いわゆるパリコレは、マトモに着られそうなものはごく僅か、一体どこの誰がそんなもの着て歩くのかと思うような、チンドン屋顔負けの奇抜な洋服のオンパレードだ（たとえば、２０２２年春／夏のコレクションの写真はhttps://www.fashion-press.net/collections/search/2022ss/parisで参照）。仮装行列でもない限り、実際に街中でこういう服装の人に出会ったら、至近距離で詳しく見ようと近寄ったりせず、安全をみて避けて通った方がいいだろう。ところが少し経つと、最先端のファッションショーで紹介されたこうした過激なデザインの様々なエッセンスが、大幅にトーンダウンした形で一般人が着る普通の洋服の中に取り入れられていることに気づく。最初見た時はのけぞった太腿丸出しのミニスカートや、左右非対称のドレス、几帳面な人なら思わずハサミで切り揃えたくなるような裾が床と平行でないスカート、わざわざ穴を開けたボロボロのジーンズなども、程なく量販店にさえ出回るようになった。

しかし、パリコレの眼を剝くようなファッションを眺めていると、社会変化の始まりの多くも、パリコレみたいなものではないかという気がしてくる。初めは「何、それ？」と思うようなものであっても、やがて「結構、いいね！」という人が出てきて、いつしかそれが「普通」になり、遂には「それを着ないと流行遅れ」にまで発展するのが先端ファッションの流れだ。社会でも、女性の参政権や異人種間の結婚はじめ、当初は絶対に容認されないこと、時には違法とされたことが合法になり、いつの間にか当たり前のこと、さらには、逆に容認しないのは違法とされるというように１８０度の大転換を遂げることすらある。

燃やせば骨と自己愛しか残らないのが人間。自分が社会で正しくない存在、価値の低い存在、あるいは日陰者であることに耐えられるはずがない。だから、自分の価値や願望が不当に抑圧されたり正しくないとされたりすると、機を捉えては何とかそれを覆そうとする。その結果、世の中には歴史的、文化的に長年「容認されない」、「正しくない」とされてきたことであっても、ある日、全面的にＯＫになるどころか、社会を挙げて推進すべきことにまで大変貌する場合だってあるのだ。そして、その過程で大きな役割を果たすのが、大胆な行動に出て新しい価値や自分が正しいと信じることをオープンに披露し社会を驚愕させる「パリコレ人」達だ。

同性結婚の合法化へ向けた過程がその良い例だろう。２０１５年6月、米国の最高裁が国として同性結婚を認めるという判決を下し、それまでそれを違法としてきた13の州も、法律の撤廃を余儀なくされた。20年余りの同性結婚をめぐる社会変化を振り返ると、「正しくない」とされることが、いかに「正しい」ことへと激変するかが手に取るように分かる。１９９０年代初めまでは、ゲイやレズビアンはクローゼットの奥深くに隠れていることを余儀なくされ、同性間の結婚などもっての外。そんなことは問題にすらなっていなかったため、わざわざ明確に違法としている州は10州にも満たなかった。その後、次第に同性結婚を求める声が起こり始めたのを背景に、先手を打てとばかりにそれを違法化する州が次々と増え、今度は違法化していないのはわずか数州という状態になった。そんな中、２００４年にマサチューセッツ州が他州に先駆け同性結婚を合法化したことで流れが急変。以後ポツポツと合法化する州が増え、２０１４年に一挙に勢いを得て遂に２０１５年6月を迎えたわけだ。

その後間もなく、元上院議員ハリス・ウォフォード氏が、『ワシントン・ポスト』紙で発表した自身の結婚についてのストーリーは、「何でも有り」の米国でも極めつきの忘れがたい「パリコレ婚」だった。まず、結婚当時のウォフォード氏は90歳。そして、お相手は50歳年下の40歳の男性。一瞬「？？？」、何か読み間違えたかと思った読者もいたに違いない。これが、元々常軌を大幅に逸脱し、どんな奇抜なことをやっても「さもありなん」と思えるような人の話なら、猟奇譚の一種として読み飛ばされたかもしれない。しかし、「平和部隊」の創立者の一人でもあるウォフォード氏は社会活動家として人望が厚く、志を同じくする女性と50年近く幸せな結婚生活を送り（2人の間には、再婚相手の親世代に当たる年齢の子供が3人いる）、歴代大統領の補佐役としても活躍した超エリートだ。70歳の時に最愛の妻を亡くし、再婚など夢にも考えていなかった5年後のある日、海辺で偶然出会った25歳の青年と瞬時にして意気投合（俗に言う「一目惚れ」だと思われるが、そういう軽薄な言葉を使うのさえ憚られるようなお方だ）、15年の年月を経て二人はめでたく結婚に至ったという。

ウォフォード氏の結婚は、確かに一般的結婚のパターンからは大幅に逸脱している。しかし多くの人は、この衝撃的ストーリーを読みながら、同性結婚はもとより、これまで考えてみたこともなかった高齢での結婚や年齢差が大きい結婚だって「有り」なんだと気づいたり、既成概念を取り払い、改めて結婚の意味を考え直したりしたのではないだろうか。そして、社会で一目も二目も置かれるパリコレ人が選択した、この思い切り斬新な結婚を知った今となっては、68歳と72歳の女性同士が結婚したとか、70歳の女性が45歳の男性と結婚したなどというのは、スカートの丈が、たかだか3センチ、5センチ短くなった程度の話。最早、一挙に30センチ短くなった時ほどは仰天したり拒否反応を示したりはしなくなるだろう。事実、最近では毎週『ニューヨークタイムズ』紙の日曜版に掲載される結婚発表の中に同性カップルがいないことはほとんどなく、かなり高齢の同性カップルも珍しくない。こうやって、同性結婚だけでなく結婚そのもののバリエーションに対する人々の許容度は次第に高まり、社会で「正しい」と容認されることや「常識」が変化してゆく。そういう意味で、超高齢、大幅な年齢差、同性同士という複数要素を究極の形で組み合わせたウォフォード氏のダブル、トリプル「パリコレ婚」のインパクトは絶大と言えよう。

今となっては信じられないが、この何でも有りに見える米国でも、つい数十年前までは、同性結婚どころか異なる人種間の結婚さえ違法だったのだ。そして、今日の米国で少なくとも法律上はどのような人種間の結婚も認められ、多くの場で人種差別が禁止されるようになるまでには、その背後に、牽引力となった多くのパリコレ人達がいた。白人と黒人の席を分離したバスの中で断固として白人に席を譲らなかったローザ・パークス（1955年）や、収監のリスクを冒してまで異人種間の結婚に踏み切った黒人女性のミルドレッド・ラヴィングと白人男性のリチャード・ラヴィング（1958年）、白人ばかりのミシシッピー大学に550人の連邦保安官に護衛され体を張って入学を決行した黒人学生ジェームス・メレディス（1962年）など枚挙に暇がない。

社会変化の始まりとなる現象の多くは、パリコレで紹介されるファッションのように、「言語道断」「やり過ぎ」「感覚に合わない」という拒否反応を生むことが少なくない。しかし社会が大きく変動する時には、内なる思いや願望を封じ込まれた状況の中で、自分の価値、自分の正しさを信じ、果敢にそれを表現する一人ひとりのパリコレ人達の集積が原動力となる。今では誰もが仰ぎ見るバッハの音楽ですら、当初はあまりにも斬新なため、演奏された教会で総スカンを食ったと言う。初めて見たり聞いたりした時には「ありえない」と思われる極端なことの中には、往々にして人間の潜在的願望、社会を変えるエッセンスが含まれていることがある。

その4　名前はまだ無い

フランスの歴史学者フィリップ・アリエスによると、中世ヨーロッパには「子供時代」というコンセプトはなかったそうだ。確かに、当時の絵画に描かれた子供の服装や表情を見ると、子供は単に小さな大人。ただサイズが小さいだけで大人と同じようなデザインの服を着て、顔も妙に大人びて全然可愛らしくない。当時、7〜8歳以前は犬や猫と大差ないプレ人間と見なされ、それ以後は大人と一緒に労働力に組み込まれるので、子供時代に固有の属性や価値があるとは認識されなかったのだ。同様に、ティーンエイジャーというライフステージも元々あったものではなく、概念が生まれたのは20世紀初め。ティーンエイジャーという用語が広く使われるようになったのは、たかだか1950年代以後という近代の産物だ。

人生のステージは、産業経済や医学、教育制度などの発達と平行して寿命が長くなるのに伴い細分化される傾向が見られ、近年では乳幼児期、学童期（子供）、思春期（ティーンエイジャー)、青年期、壮年期(中年)、高齢期(老人)などに分類されることが多い。しかし通常、高齢期は65歳以上とされるが、ここまで寿命が長くなると、色々な面で高齢期をひとまとめにすることが難しくなってきた。特に、一応リタイアしたものの、まだ健康でフル活動中の人にしてみれば、施設で介護を受けながら暮らしている自分の親と同じステージに分類されるのは納得がゆかないという思いが強い。そのため、大半の勤め人がリタイアし子供も独立する(はずの)65歳あたりから、肉体的、精神的に自立した生活が困難になるまでの期間が、新たな人生ステージとして認識されつつある。

歴史的に見ると、多くの人が被雇用者となって働くようになり、19世紀末にドイツで始まった年金制度が他の先進国でも普及するまでは、そもそも年齢で区切られた「リタイアメント」なんてコンセプトはなかった。誰もが、働けなくなるまで働くのが当たり前。しかも多くの場合、働けなくなる年齢は50代、60代と若く、働けなくなってから寿命が尽きるまでの期間もごく短かった。しかし近年のように、壮年期の仕事が終わるのが65歳前後で、それから、生活に介護や支援が必要になるまでの期間が場合によっては20年以上も続くとなれば、それを人生における新たなステージとして認め、独自の市民権を与えるのは妥当だろう。ただ問題は、おおよその期間を特定したのはいいが、そのステージの社会的位置付けや固有の価値については、未だ手探り状態で明確な定義がないことだ。したがって当然ながら、このライフステージには、『吾輩は猫である』の主人公同様、名前はまだ無い。

元々、定年制は経営者側の雇用調整機能として退職金や年金と引き換えに導入されたものだし、子が独立すれば親としての役割も一応は終わる。そのため社会的観点から見ると、このライフステージは、有体に言えば廃棄前の「用済み品保管」ステージだ。しかし、まさかそうは呼べないので未だ名称がないのはともかく、社会学者アーヴィング・ロソーが言うところの「役割のない役割」のレッテルを貼られるのもあんまりだ。死ねば骨と自己愛しか残らない人間たちの間で、このライフステージに、何とかポジティブな意味付けやイメージを定着させたいという喫緊のニーズが生まれたのは当然だろう。

それに真っ先に対応し流れを牽引したのは、このマスレベルの膨大なニーズに目をつけた各種ビジネスだ。日本では、社会的役割は失ったものの、まだそこそこ健康で若干の蓄えと充分過ぎる時間があるヤング・シニア層を対象に、フルムーン国内旅行や世界クルーズの旅、はたまた高齢者向けの趣味、文化活動やヨガ教室など、お楽しみいっぱいの悠々自適なライフスタイルを演出する様々な商品やサービスが溢れた。永遠の休息に入る前のこの時期に、好きなことをしながら人生の疲れをゆっくりと癒やそうというわけだ。

一方、新しい価値創出にかけては誰にも負けない、アグレッシブとも言える力を発揮するのがアメリカ。リタイアし人生における新たな価値を求める人々のニーズに応えるためにアメリカで生まれた究極のソリューションは、パラダイスのイメージ満載のリタイアメント・コミュニティだろう。その先駆となったのは、1960年1月にオープンしたアリゾナ州のサン・シティ第一号。風光明媚で広大な敷地に建設された高齢者専用のコミュニティでは、昼間は燦々と降り注ぐ陽の光を浴びながらゴルフやテニス、スイミング三昧、夜はお仲間達とビンゴゲームやワインを楽しみながらのディナー。一言で言えば、高齢者向けディズニーランドだ。何思い煩うこともなく、外界と隔離された場所で「完璧な」時間が流れて行くゴールデン・エイジの到来というわけだ。

もちろん、そんな絵に描いたような生活をしている人は実際にはそれほど多くないだろうし、リタイアメント・コミュニティに住む人の割合も、全体から見ればごく一部に過ぎない。しかし、こうしたリタイアメント・コミュニティに象徴される「毎日がバケーション」のような生活が、リタイア後の望ましいイメージとして定着したのは確かだ。少し前までは、金融業界などで短期に一生分の財産を築き、50歳前にいち早く「リタイア」してゴールデン・エイジを送れるのが成功者、65歳過ぎても働いているのは、まだリタイアできない負け組の「残念な人」と見られる傾向も少なからずあった。

人生を楽しむことができるのは、それ自体が大きな価値であることに異論の余地はない。しかしいくら好きでも、10年も20年もの間、毎日ゴルフばかりではさすがに飽きてくるだろう。そして何より、時間とお金、健康さえあれば、人生いくらでもハッピーに暮らせるというものでもないことが問題だ。楽しいだけで何年間も暮らすのは、実は容易なことでなく、それができるのは、かなり高度なメンタルスキルを持つ限られた人々だけ。楽しいことばかりの生活では、自分の存在価値を確認するのが難しいからだ。

特に貧乏性の人なら、あまり楽しいことばかりやっていると何やら後ろめたい気がして、そのうち楽しい気分にも影が差す。世の中の皆さんがせっせと働いている週半ばの昼日中に、週末は混んで入れない映画館でのんびり人気映画など見ていると、誰に責められるわけでもないのに、こんなことばかりしててよいのだろうかという気にもなる。果ては、楽しいどころか、世の中から取り残された気分になってしまう。「楽しいなら、いいじゃん」と思うかもしれないが、お馴染みマズローの5段階の欲求に基づけば、人間は衣食住のレベルでどんなに満たされても、自分の価値確認ができないとハッピーになれない面倒な生き物なのだ。

一世代前の「ゴールデン・エイジ」型リタイアメントを見てきた団塊世代は、そのことに気づいたのか、はたまた寿命が長くなっている昨今、そういう生活は経済的に持続不可能だと悟ったのか、おそらく両方の理由によるのだろう、彼らが退職の時期を迎えたあたりを境に潮目が変わった。いつの間にか、世の風潮は、早々リタイアしてゴルフ三昧の生活をするより、60代、70代になっても何らかの形で働き続け、自分の社会的存在価値を確認できるような「生産的」生活を送るのが望ましいとされる方向にギアチェンジされた。米国では「Productive Aging」という言葉があちこちで聞かれるようになり、最早、楽しまにゃソン、ソンとばかり残りの人生を遊んで暮らすことは羨望の対象でなくなってしまった。

しかし問題は、「じゃ、具体的に何すりゃいいの?」ということだ。周囲を見回しても、自分の価値を確認できるような「生産的」生活を実現するための明確な指針や制度、お手本は見当たらない。そのためヤング・シニアと呼ばれる人々は、無手勝流で様々な方法を模索しトライすることになる。一番手っ取り早いのは発想の逆転で、このステージ自体を無視して「中年期」の無期延長を試みることだろう。特に年齢による定年制が違法な米国では、たとえ周りの人が暗にリタイアを示唆しても動じることなく、気を強く持って頑張り続けることは可能だ。これまでの仕事を続ける限り、少なくとも報酬という対価を通して自分の社会的価値や生産性を確認できる。

従来の慣行通りリタイアして、第二のキャリアを試みるという手もある。多くの場合、報酬はガタ減りとなるが、後進を育てるとか、世のため人のためになるとか思える仕事を探すことができればラッキー。収入減のマイナス面は相殺され、価値確認が容易になる。高齢者の起業活動も活発だ。たとえ成功しなくても、起業には、それ自体にチャレンジという価値が伴うので、リスクテイクが可能なら悪い選択ではないかもしれない。近年は、世界的に起業総件数に占める高齢者の比率の増大傾向が顕著に見られる。

もちろん、ボランティア活動も高齢者にとって重要なオプションとなる。そうは言っても、お楽しみ満載のゴールデン・エイジ型も捨てがたいという向きには、様々な活動をお子様ランチ風に少しずつ組み合わせてトータルとして自分の存在価値を実感できるような、ポートフォリオ型ライフを選択することも可能だ。アメリカでは、大学のキャンパスに併設されたリタイアメント・コミュニティで大学生と一緒に勉強しながら学生相手のボランティア活動をするなど、自分の価値確認がしやすい新しいタイプのリタイアメント・コミュニティも見られる。

ヤング・シニアを対象とする、新しい価値を付与したライフステージを定義、構築しようという試みは、多くの先進国で見られる現象だ。しかし、未だ建設中のライフステージをリアル・タイムで生きざるを得ない人々の多くは、「私は誰？　ここはどこ？」状態。でも振り返れば、「僕の前に道はない、僕の後ろに道は出来る」を実践しながら、常に世間で注目を集め続けてきたのが団塊世代ではなかったか。このライフステージを明確に定義し、皆が「納得！」と膝を打つような名前を考案してこの世の置き土産にすれば、面目躍如。そのネーミングゆえに、団塊世代の存在は子々孫々まで語り継がれることになるだろう。

その5　タダ乗り

有名スターの不倫が発覚した、あるいは政治家が公金を使って豪遊したとかセクハラ発言をしたとかいうと、テレビのワイドショーは朝から俄然活気づき、どのチャンネルを回しても、コメンテーターと称する人々が寄ってたかってその非を責め立てる光景が繰り広げられる。もっともテレビなど見るまでもなく、他人の不正や間違いを糾弾する光景は周りにいくらでも転がっている。本人が立ち去った後に開催される、コミュニティでのゴミ出しに関する小さな反則を非難するご近所さん同士の井戸端会議、葬式に二重の真珠のネックレスを着けて来た人をコソコソ非難する弔問客、職場で部下の些細なケアレスミスを執拗に追及する上司等々。自分は大変だけどちゃんと規則を守っている、あるいは相手のミスを訂正するために面倒なチェックをするハメになったというような場合には憎さ100倍、非難のボルテージもいや増しに高まる。しかし、こうした人々の顔をよ～く見ると、相手の非に憤っているはずなのに、その実、何だか変に張り切って喜々としていないだろうか。

人は「正しい自分」が大好きだ。自分が正しいことを確認すると、自分の優位性やイメージが大いに高まり自己愛が満足されるからだ。しかし、正しく生き、正しいことを実行しようとすればガマンや努力が必要なので、基本、燃やせば骨と自己愛しか残らない人間の自然な本性に反し、痛みやストレスを伴う。そこで、代償なくお手軽に自分の正しさを確認する方法として、他者の不正や過ちに対する非難、糾弾というツールが広く愛用されることになる。たとえ脛に疵持つ身でも、この際、自分のことはしっかり棚に上げ、正論を振りかざしてテレビの中の人を非難すれば、何の努力や痛みも伴わずに自分が正しく立派な人になった気分になれる。正義の御旗を掲げ「実にけしからん、許しがたい！」と、関係ない人の横領や不倫などを非難することで心ゆくまで「正しい自分」を満喫できるのだから、低コスト、ハイ・パフォーマンスどころか１００％のタダ乗りだ。

他者を非難、糾弾することを通して自分の正しさや優位性を確認するというのは、意識するしないにかかわらず多くの人がやっていることだが、ともすると、人間の中に潜む負のエネルギーを発揮するおぞましい機会ともなりかねないので要注意だ。バッシング、リンチ、血祭などは、本人は正しさを主張しているつもりかもしれないが、実際は、単に自らの中に潜む欲求不満や残忍さを発散させているに過ぎない場合が多いからだ。つらつら思い返すと、リンチや血祭ほど過激ではなかったものの、低俗なメディアに煽られ、今は皇后となられたお病気の雅子様を「公務をサボる」なんて理不尽なこと言ってバッシングした日本国民も大勢いましたっけ。そしてよくあるのは、権限を振りかざした官憲による暴言、暴挙の類い。権限は何等かの正当性の裏付けがあるため、ひとたび権限が与えられれば、本来どんな非力な人であっても、突如「正しいこと」を施行するスーパーパワーが備わるから危ない、危ない。それに力を得て、他者の些細な間違いや違反をあげつらい咎めることで、自分の存在価値や優位性を確認してカタルシスを味わうという現象は、古今東西、大小様々、掃いて捨てるほど見られる。

日本は、かつて役所に行くと、戦時中に跋扈した「憲兵」（実際に見たわけではありませんが……）の末裔のような威張りくさった木っ端役人が、用紙の記入のちょっとした間違いなどを種に善良な市民に意地悪するというケースが多かったが、最近は大きく改善された。役所の窓口でのサービスの質は、一般にデパート並みの高水準と言っても過言ではない。しかしアメリカでは、公の権限を持つ者たちの横柄さは今も昔も変わらない。その最たるものは警官。白人の警官が挙動不審、交通違反程度のことで黒人を銃殺、撲殺する事件が相次いでいるのは周知の通りだ。空港の入国審査などでも、銃で撃たれこそしないが、並んでいる時、たかが床にある待機地点を示す線を踏んだくらいのことで係員にこっぴどく怒鳴られるなんていうのは日常茶飯事だ。下手に逆らえば、規則を盾に自分の力を誇示したいという相手の思うつぼ。口答えすると、相手の快感度を高めることになるだけだ。そういう場合は、「ハイ、ハイ、線を踏んだ私が悪うござんした」と、平身低頭して線から3歩ほど下がるに限る。

努力や痛みを伴わず、タダ乗りで正しい自分を確認できるのは極めて快い体験なので、他者を非難、糾弾する代わりに、正義心、親切心、お節介、浅慮遠望、もしくはそのコンビネーションから、正論を掲げて偉そうに他者にアドバイスしたり、他者の間違いを正したりしようとする人も少なくない。友人から亭主が浮気した、暴力を振るうなどの悩みを聞くと、「アナタ、そんな生活を続けるのは間違っている。さっさとリコンしなさい」。同僚から上司のセクハラ行為を打ち明けられると、「黙っているのは正しくない。ハッキリやめてくださいと言うか、人事部に報告すべきよ」。ごもっとも、ごもっとも。しかし実際は、「できるものなら、もうとっくにそうしてるよ〜」と言いたくなるような場合が少なくない。リコンするのはいいけど、これから子供抱えてどうやって生きてゆくの？　セクハラの本人はおエライさんだから、人事部に報告したら、どんなとばっちりを受けるか分かったものではないetc. etc.……状況によっては、安手のアドバイスが、さらに望ましくない結果をもたらすことすらあるかもしれない。

一般に、物事はそんなに単純ではない。特に重大な選択の場合は、個々の部分が正しいか間違っているかではなく、トータルとしてのメリット、デメリットを見極めて判断せざるを得ないことがほとんどだ。さらに、盗みは犯罪であっても、子供が飢えているとなれば、目の前にあるリンゴの一つくらい誰だって盗むだろうという現実もある。誰もがいつでもスッキリと分かりやすい正義を選べるわけではないのだ。正しいことを選択できるのは、それが可能なラッキーな人だけという場合も少なくない。正しい選択をしないからといって非難されても、忸怩たる思いで深くうなだれるより仕方ない人はたくさんいる。

正しさは人に自信や誇りを与え、自分の価値や優位性を高め、自己愛を満足させるものだ。しかし、他者の不正を責めたり、正論に基づく安易なアドバイスを与えたりすることで自分の正しさを確認しようというタダ乗り精神はいただけない。特に相手に反論の余地がないような場合、それをよいことに、さらに張り切って責め立てる姿は美しいとは言い難い。キリストは、娼婦マグダラのマリアに石を投げようとする人々に向かって宣うた。

「あなたたちの中で罪を犯したことのない者が、まず、この女に石を投げなさい」

その6　言葉のマジック

老化は、男女、人種、貧富、美醜、学歴などの差にかかわらず、すべての人が等しく直面する自分の「価値」の目減り現象だ。資力と意欲がある人は、不可思議な成分が含まれた法外な値段のクリームを塗ったり、シワ伸ばしの手術をしたりと力の限り抵抗を試みるが、それにも自ずと限度がある。しかし、燃やせば骨と自己愛しか残らない人間は、自分の価値を維持するためとあらば、いくらでも知恵が回る。実際、望ましくない現実を変えられないなら、結構効果的な奥の手がある。世の中の人に自分を定義する名称を改めてもらうこと、つまり「老人」などと呼ばないようにしていただくことだ。たかが名称、言葉のトリックと言ってしまえばそれまでだが、言葉が現実を定義するという側面があることは否めない。その点に着目したのがこの手法。それにはお金も努力も要らないとなれば、なおさら結構だ。

ただ、一般に年を取ることは望ましくないと思われている以上、高齢を示唆する名称は、高齢を意味するという正にその理由により、どんなに優秀なコピーライターが頭をひねっても、なかなか名案が出てこないのが現実だ。日本のように高齢者が人口の大きな割合を占める国では、一定年齢以上の人々を何と呼ぶかというのは、結構悩ましい問題になっている。見渡せばシルバー、熟年、シニアなど高齢者を一括した名称の他、最近は還暦前後の人を指す「アラ還」など座りの悪い造語まで登場しているが、いずれも社会的合意を得るに至っていない。いっそレトロ調で「お年寄り」はいかがかと言うと、これは高齢者の仲間入りを潔しとしない相対的に若い人々に不人気であるばかりか、何か弱々しそうな感じで昨今の元気な高齢者のイメージと合わないし、「お子様」同様、変におもねった響きがあるのも気になる。

さらに人により異なる思惑や感覚があるうえ、近年は高齢者の年齢層が拡大しているため、ある程度の細分化が必要で、どの人を何と呼ぶべきかというのもそう簡単には決められない。88歳とか93歳とかの域に達したら、シルバーだろうがパープルだろうが、もう何色でも構わないという気持ちになるのかもしれない。しかし60代、70代でまだ若さに対する執着心を払拭し切れない人々は、親世代とはしっかり区別してほしいから、何と呼ばれるかは大いに気になるところだ。かと言って、ヤング・シニアなんていうのも日本語の貧困を示すようで正式用語としては今イチだし、どうせ皆が「ヤング」に入りたいと言い出すに決まっているから名称の定義が定まらず、うまく機能しないだろう。このあたりの問題を一挙に解決する賢い策として、アメリカで定着しつつあるのが「older adult」「older person」など「older」という比較級を使った表現だ。「シニア」と呼ばれる方がいいという感覚の人もいるようだが、老齢学の専門家の多くは、中立的で如何ようにも解釈できるこの表現を「推奨銘柄」としている。しかし、比較級のない日本語ではマネできないのが残念だ。

老化以外の分野でも、人の価値を損なったり貶めたりしかねない現実を、名称を変えることによって少しでも緩和しようという試みは広く見られる。特に、ネガティブな特質をもつ人に対する差別をなくそうという時には、まず手っ取り早く名称を変えるのが常套手段だ。社会全体で取り組む場合は、放送禁止用語としてメディアが自主的に禁句の類いを定め、代替名称の普及を促進することも多い。カタワ、ビッコ、メクラなど、心身の障害を示す旧来の言葉はすべて御法度（こういう文脈で、こういう言葉を使うことさえ許されないのだろうか、カタワやメクラはコンピュータの漢字変換のオプションにさえ出てこない）。いずれも「×××障害者」という言葉に置き換えられて久しい。禁止用語集をパラパラ見ると、裏日本は日本海側、乞食はホームレス、情婦は愛人とすべきだなど、秋田県や新潟県、石川県などにお住まいの方々や、路上生活をされる方々、不倫をなさる方々に対してまで細やかな配慮が見られる。もっとも、ホームレスや愛人と呼ばれるようになったからと言って、どれだけ本人の自己認識がポジティブなものになったかは定かでないが……。

アメリカでは（英語圏の他の国でも同じかもしれないが）、このあたりでも巧みな対応をしている。そこで八面六臂の活躍をしているのは、「×××challenged」という表現だ。目が不自由な場合はvisually challenged（視覚的に挑戦を挑まれている方々）、知的障害がある場合はmentally challenged（知的に挑戦を挑まれている方々）となる。さらなる応用編としては、チビはvertically challenged（垂直方向に挑戦を挑まれている方々）、デブはhorizontally challenged（水平方向に挑戦を挑まれている方々）、ビンボーはfinancially challenged（経済的に挑戦を挑まれている方々）といった具合に、極めて広範な分野に適用できる。豊富な語彙力と想像力を発揮すれば、およそ人に関するあらゆるネガティブな特性は、すべてこの表現で大幅にイメージアップを図れそうだ。「×××challenged」はとてつもなく汎用性が高いだけでなく、「×××障害者」という表現と較べネガティブな要素が皆無なばかりか、あたかも人生の難題に果敢に立ち向かっているようなポジティブな印象を与える点が優れている。水平方向はともかく垂直方向のチャレンジの場合、挑戦を挑まれても実際には如何ともしがたいが、この表現なら、それにもめげず前向きに生きる姿が彷彿とされる。「低開発国」改め「開発途上国」とするのと似た発想と言えよう。

表現方法を換えれば人がもつネガティブなイメージを軽減できるだけでなく、積極的に価値を高めることさえできる。英語表現ばかり持ち上げてしまったが、この面では日本語の中にも巧みな変換例は色々見られる。たとえば、万人受けしにくい容姿を単刀直入「ブス」とか「醜男」とか言ってしまえば身も蓋もないが、「個性的」という言葉に置き換えれば現実をプラス方向に大きくギアチェンジすることが可能だ。樹木希林さんや渥美清さん（お二人ともすでに鬼籍に入られたので、お名前を出すことをお許しくださいね）を筆頭に、一般人の中にも「個性的」という言葉でユニークな美しさを発掘され、自分の容姿の価値が大幅に上昇した人は少なくないだろう。敢えて大学に進学しなかった人は、「学歴にこだわらない人」と言い換えてみよう。そう表現した途端、ガリ勉して一流大学に行った人より、何だかはるかに魅力がある人のような印象になるから、あら不思議。

昨今、同様の手法でイメージのアップグレードを図る例が多く見られるのは職業の名称だ。掃除婦改め清掃作業員、ゴミ屋改め廃品回収業者、サラ金業者改め消費者金融業者あたりは単に侮蔑的要素を払拭してニュートラルにする程度だが、ブティックで客にすり寄って来て、トータル・スタイリングと称し、ついでにあれもこれも買わせようと勧める店員は押し売りではなく「スタイリスト」だ。料理人はシェフと呼ばれてセレブリティの仲間入り。職にあぶれ専門知識の切り売りをしている人はコンサルタント。美容師はヘアドレッサーやスタイリストを経、最近はさらに格上げされてヘア・アーチストと呼ばれる例も散見される。かつての髪結いは破格の出世を遂げ、今やピカソやヨーヨー・マと並ぶアーチスト様だ。「アーチスト」のデフレ化がさらに進めば、そのうち大工さんも建設アーチストと呼ばれる日が来るかもしれない。

理容美容学校ならダサくて行きたくないが、ヘア・アーチスト専門学校と銘打った学校なら行ってみようか、「老人大学」には絶対行かないが「シニア大学」ならちょっと覗いてみようかという気になる人もいるだろう。こうして並べると、日本で見られる言葉によるアップグレードには、外国語への転換によるものが多そうだ。昔の西欧コンプレックスを見るようでちょっと悲しい気もするが、いずれにせよ、名称ひとつ変えることでマジックのようにイメージが一変し、社会の中での位置づけや人々の態度、本人の自己認識まで高まるのだから、言葉がもつ価値上昇パワーはバカにならない（あ、バカは禁句でしょうか。でも、「知的障害にならない」では意味不明……）。かのシェークスピアは、「薔薇はどんな名前で呼ばれようと甘く香る」と言ったが、薔薇は、「薔薇」という美しい名で呼ばれてこそ甘く香るのではないだろうか。

自己愛の風景

かけがえのない「私」

その7　死んだ後まで

中学生の頃、死ぬのはなぜ怖いかという話になった時、死んだ後に「自分がいない」という時間が永遠に続くことが怖いと言ったことを思い出す。自分が生まれる前に延々と続いていた時間は全く恐ろしくないのに、どうして死んだ後に続く時間はこんなに恐ろしく感じられるのだろうと考えたものだ。それから幾歳月。死後のことまでとても頭が回らないような日々は過ぎ去り、寿命が延びて暇ができたためか、周囲でも死んだ後のことを10代の時よりはるかに具体的、現実的に考える人が増えている。

「終活」という言葉もすっかり定着した。頭と体が動くうちに、自分が死んだ後の始末を手回しよく自分でやっておくのが長寿時代のマナーというわけだ。手始めは身辺整理。業者を雇わないと対応できないほどのアクタモクタを残してこの世を後にするのは、トイレを使った後、流さないでそのまま出て行くようなもの。特に、親を見送った後の始末の大変さが身に染みている場合は、断捨離にも一層リキが入る。確かに、古い手紙やアルバムを処分するのは、価値ある自分の過去を切り捨てるような痛みを伴う。しかし、残された人に迷惑をかけまいと、気に入っていた昔の服や、長年クローゼットの奥に眠っていた思い出ある品々を潔くバンバン捨てるのは、年末の大掃除では経験できない一種哲学的快感すらある。

断捨離の目途がついたら次は遺書作成だが、これは身辺整理ほどシンプルではない。身辺整理は、基本、自分一人に関する行為だが、遺書は他者に対する死後の世界からの指図だ。死んでもスッキリ退場せず、背後霊となって生きている人を操作しようというのだから、不気味と言えば不気味な代物だ。メインとなるのは遺産相続。多寡にかかわらず、遺産配分については、残された人一人ひとりが自分に都合のよい解釈に基づく「こうあるべきだ」というバージョンがあるので、遺書を開いてびっくり。しかし、これは死者からの有無を言わさぬメッセージだ。そのために、残された者同士は関係がギクシャクしたり、最悪、裁判沙汰や絶交状態になったりもする。

それを避けるには、あげたいものがあるなら生きているうちにサッサと譲り、あげたくないなら自分で使うか処分するかして、死んだらお口にチャック。残ったものは、法律に従ってスッキリ分割するのが一番賢い方法だろう。因みに、ウォーレン・バフェットやビル・ゲイツ、マーク・ザッカーバーグはじめ世界の名だたる大富豪の中には、生前から、資産の大半は寄付して子供には巨万の富を残さないと公言している人も少なくない（もっとも、バフェットが子供に残すとした1％だって資産総額約1000億ドルの1％なので、これは庶民にとって、あまり参考になる話ではないかもしれないが……）。

先祖代々の墓にタダ乗りできない場合は、お墓の手配も必要だ。お墓は残された人々にとっての意味や価値もあるが、入る側の立場から言うと、亡き後に自分の存在が忘れ去られないようにするための物理的リマインダーとしての意味が大きい。しかし、死ねばお墓に入るのが当たり前とされたひと昔前と違い、今は死んでまで住所が必要かどうかについては意見が分かれるところだ。墓守をしてくれる子供がいない、あるいは単にお墓を買うお金がないなどの現実的理由、または独自の人生観や価値観から、最近は「お墓なし」と決めている人も結構増えてきた。お墓がなければ、自分の存在の痕跡は人々の記憶と共に、早晩、風化することになる。そういう意味で、お墓の有無は、燃やせば骨と自己愛しか残らない人間にとっては、古い手紙やアルバムを処分するより、はるかに難しい選択となるだろう。しかしお墓の有る無しにかかわらず、よほどの著名人でもない限り、いずれにせよ100年も経てば人は世の中からきれいさっぱり忘れ去られるものだ。だから、ひっそりした墓地で、突如「我ここに眠る！」と大声で叫んでいるような、周囲を圧倒せんばかりの豪邸ならぬ豪墓を見かけると、どんなお方が眠っているのかと、思わず想像を逞しくせずにいられない（もっとも、ご本人の意思とは関係なく建てられたものかもしれないが）。

大金持ちの中には、豪墓ばかりか、生前に大学や病院、公共施設などにガッポリ寄付をして自分の名前を冠したビルを建て、死んだ後も人々が自分の存在を忘れたくても忘れられないよう手を打っておく人々もいる。アメリカには、散歩に出かけた犬があちこちにオシッコするように、あっちの病院、こっちの大学と、随所に自分の名前を付けた建物を建てまくる億万長者がいる。そこには、死んでも断固この世から自分の痕跡を消すまいという固い決意がうかがわれる。しかし、油断は禁物。ニューヨーク市にあるリンカーンセンターのコンサートホールは、1973年にニューヨーク・フィルハーモニックに1000万ドル余りを寄付した人の名を冠してエイブリー・フィッシャー・ホールと名づけられた。しかし約40年後に改装資金が必要になり、ポンと1億ドルを寄付する人が現れるや、その人の名前をとって、あっさりデヴィッド・ゲフィン・ホールに改名されてしまった。死人に口なし。フィッシャー氏は抗議することさえできない。大学の学部や建物の名称も、札束の厚さ次第で節操なく改名されるから、名前を残してこれで安心と思っていても、あの世でがっかりすることになりかねない。

死んだ後まで自分の生きた証しを残そうとすると、もっとひどい目に遭うこともある。2003年、バグダッド陥落直後にサダム・フセイン元大統領の銅像が倒された衝撃のシーンは、未だに忘れがたい。天国（もしくはその他の場所）にいる本人は、建立された時は大満足だったかもしれないが、こんな姿を晒すくらいなら初めから銅像などなかった方が良かったと思っているに違いない。時代が変われば歴史の評価も変わる。最近は、アメリカで相次ぐ、白人警官による黒人への暴行に抗議する過激な人種差別反対運動を背景に、奴隷制度や先住民殺害に関与したということで、コロンブス、T・ルーズベルト、リンカーンなど、英雄、偉人と讃えられた人々の銅像さえ数多く破壊されたり撤去されたりしている。歴史上の行為は何年経っても時効にはならないようなので、物理的なものを残して世に長く名を留めても、必ずしもよいことばかりとは限らない。

自分の名を冠した建物、銅像の他にも、著書や絵画、科学の一大発見など、自分の痕跡を長くこの世に留める手段は多々ある。そんな大層なものでなくても、公園に自分の名前を記載したプレート付きのベンチを寄付するなど、自分が後世に残すあらゆる有形無形の財産や影響、最近流行りの言葉で言うところの「レガシー」に該当するものすべてが、死後に自分の存在を留める手段になり得ると言えよう。

しかし、立派なお墓や自分の名前を冠した建物、著書などを凌ぐ究極の手段は、何と言っても子孫を残すことだろう。他人様から見たら、どんなに不細工で取り柄のない子供でも、自分の子供だ、孫だというだけで無条件に愛おしく思えるのは、「価値ある私」に属す何かが、個体に与えられた時間の制約を超えて存在し続けることに対する、本能に近い喜びや安堵感のようなものがあるからかもしれない。英語名なら子供に自分の名前の後に「Jr.」を加えた名前を付け、日本名なら自分の名前から漢字一字をとった名前にするなどの形で、明確に子供を自分のリニューアル版として定着させることもできる。いずれにせよ、駅伝のように次の走者にバトンを手渡すことができれば、死後に永遠に続く「自分がいない」時間の意味も変わることになるだろう。

その8　一粒の砂

海岸にどこまでも続く砂浜。ここに一体いくつの砂の粒があるのだろう。肉眼で見る限りは、その一粒一粒の違いなど全く分からないが、一つとしてして同じものはない。もちろん、成分や形態の面から酷似したもの、顕微鏡で見てもほとんど違いを識別できないものが多くあるに違いないが、それらが個別の存在であることは間違いない。そういう意味で、一つとして同じものはない。しかし、もしこの一粒一粒の砂たちが、突然、自分はかけがえのない特別な存在であると主張し始めたら一体どんなことになるだろう。阿鼻叫喚なんて生易しい言葉では表現しきれないような修羅場が繰り広げられるに違いない。一粒の砂自身以外、本人（？）が思っているほどの特異性や稀少性を認識できる者などいないのに……。先進国はさておき、地球全体で見れば未だ増殖を続ける人間の世界も似たようなものだろう。海岸の砂粒と違い、どの程度大声で主張するかは文化また個人により異なるものの、燃やせば骨と自己愛しか残らない人間。世の中の多くの人々が、自分はかけがえのない特別な存在であると固く信じていることは間違いない。

そのため顧客対応の基本の一つは、顧客を有象無象の一人ではなく、「あなた様は特別」というメッセージを送ることだ。消費者向けの商品やサービスを提供する会社は、どんどん進化するソフトウェアを駆使し、あらゆるものを「カスタマイズ」、「パーソナライズ」することに余念がない。オンラインで買い物をすれば、頼んでもいないのに「あなたは、これも買うべきだ」と、ご親切にも個別ニーズを先回りして教えてくれる。ホテルでは、客が到着すると「○○様、いらっしゃいませ」と名前を連発する。常連客の場合は、要望される前に客室に客の好みの固さの枕やドリンクを用意したりすると、客はホテルの人が自分を憶えているわけではなく単にコンピュータに情報が入力されているだけと知りながらも、悪い気はしない。特別な客として扱われたことに満足し、ホテルに対する評価はいや増しにも高まることになる。

街角のデリでサンドイッチを注文する際は、パンはライブブレッド、トマトは入れてレタスは入れず、ケチャップとマヨネーズは無しでマスタードだけなど、うんざりするほど「あなたの好み」に合わせた様々な選択肢が与えられる。たかがサンドイッチ一つ注文するのに、何でそんなに多くの意思決定が必要なのかと煩わしい限りだが、「あなた様は特別」というメッセージは、かなり普遍的かつ効果的にアピールするアプローチなのだろう。

ユニークで特別な存在として尊重されることを求めて止まない。

その極めつきは恋愛体験。恋愛中の人がかくもシアワセなのは、「あなたは特別」のメッセージを食傷するほど堪能し、自己愛が究極のかたちで満足させられるからに他ならない。それは、冷静に考えれば海辺の砂の一粒に過ぎない自分が、あたかも世界で唯一無二、最高に価値ある存在であるかのような強烈な錯覚をもてる稀有の機会だ。そして、かけがえない者として自分を称賛する相手の誇張された行動や言葉を通して、その錯覚は限りなく増幅される。それが恋愛の最大の特徴であり、マジックであり、またメリットでもある。多くの中から特別な存在として選ばれたという点が何よりも重要なので、たとえどんなに素晴らしい相手でも、自分をないがしろにしたり、特別な存在として認めてくれないような場合、憧れや片思いの対象となってもマトモな恋愛の対象とはなり得ない。そしてたとえ本当でも、「あなたは好きだけど、あちらの人も結構気に入っている」なんてハキハキ言うのは論外だし、「あなたはあちらの人と較べてややマシなので、是非とも結婚したい」と言われて、「あ、そうですか」と承諾する人はいないだろう。

相手の同意を得たいなら、何をおいても「あなたは私にとって世界で唯一、かけがえのない人です!!」と明言せねばならない。しかも通常、言葉だけでは不充分。古くは『竹取物語』にも見られるよう、その人のためなら、たとえ火の中、水の中、パフォーマンスで実証しアピールする必要がある。女はせっせと手料理を作ったり古典的にマフラーを編んだりするかもしれない。男の場合は、一般的にお金をかけた物質的「愛の証し」もかなり有効性が高い。小洒落たレストランでの食事やブランド品の贈り物。いざプロポーズとなれば、そこらで手頃な値段で調達したものでなく、多少無理してもティファニーの白いリボンをかけたブルーのボックス入りの高価なダイヤモンドの指輪を奮発し、相手がいかに代替不可能な価値ある人かを表明する。相手はこういう特別待遇で自己愛をフルに満足させられるものだから、もうドーパミン全開状態。舞台でスポットライトを一身に浴びる主役の気分になって舞い上がり、先々どんな生活が待っているかを冷静に考えることもなく、ついつい結婚しようという気にもなる。

身分不相応のダイヤモンドの指輪くらいならまだしも、「愛」という名のもとに家庭や社会的地位など全てを投げうったり、死ぬの生きるのという話にまで発展したりすることすらある。代償が大きければ大きいほど、かけがえのない相手に対する「愛」の価値も高まろうというものだ。とにもかくにも、人生において極めて非合理的でありながらも最高にドラマチックで美しい錯覚を経験させてくれるのが恋愛だ。何のデータもない単なる憶測に過ぎないが、世界の有名な古典的小説や映画の少なくとも7割、いや8割くらいは恋愛がテーマとなっているのではないだろうか。オペラに至っては、主要テーマでないまでも、恋愛が絡まない作品を探す方が難しいくらいというのも大いに納得がゆく。

「かけがえのない私」「特別な私」を確認するうえで最も有効かつ強力なツールが恋愛なのだから、相手が他の女や男に目移りしようものなら、それはもう一大事。「え〜っ？？？！！！　私はかけがえのない唯一の存在ではなかったのかぁ〜？？？！！！」と大騒ぎすることになる。嫉妬とは、自分の稀少性を脅かされること、否定されることに対する激しい拒否反応に他ならない。もっとも、一般的に女は一人の男にかけがえのない存在だと思われることを重視する一点豪華主義であるのに対し、男は多くの女にチヤホヤされることで自分の価値を確認する「質より量」の生き物らしい。男嫉妬の漢字の両方ともが女偏である所以だろう。女に逃げられた男は「かけがえのない」自分を否定されたという怒りや悲しみより、恥をかかされた、プライドを傷つけられたというダメージの方が大きいのかもしれない。もしそうなら、「かけがえのない私」の確認ツールとしての恋愛の有効性は、一般に女にとっての方が高いということになりそうだ。

しかしいずれにせよ、恋愛の強力なマジックも、そうそういつまでもは続かない。「これがまあ　いのちかけたる　おとこかな」と女が言えば、男も「恋敵　譲ればよかった今の妻」と負けてはいない。たとえ「目移り」を回避しても、時間が経てば男も女も正気に戻り、双方のメッキも剝げ落ち、すべてが色褪せてしまうのは致し方ない。それにもかかわらず、少なくとも周囲のアメリカ人を見る限り、長年のうちに外観ばかりか、時には性格までもが激変した相手に向かって朝な夕な変わることなく「I love you」を連発し、誕生日や結婚記念日を盛大に祝い、「あなたは特別」メッセージをマメに送り続ける人が少なくないのは見上げたものだ。相手からのプレッシャーや商業主義に躍らされている面もあるのだろうが、負けが込んでもゲームのルールはきっちり守るスポーツ選手を見る思いがする。

もっとも、何もそんなに無理してパフォーマンスしなくても、個人の具体的資質とは全く関係なく、長年一緒に暮らし多くのことを共有したという事実そのものが、別の意味で各々を相手にとって唯一無二の存在にするのだから人生は面白い。エネルギー、リソース、時間のすべてが残り少なくなったところに、諦め、容認、無視といった知恵が加味され、たとえ相手が禿げようが、重力に全面降伏したような体形になろうが、もうどうでもよい。そこには手に馴染んだ古茶碗のような極めて地味で普遍性に乏しい、しかし恋愛時代よりはるかに根拠のある稀少価値が生まれるものだ。もはや別の相手を見つける可能性も気力もなく、色々な意味ですっかり相互依存度が高まるという意味では、薬物中毒と似たようなものかもしれない。そうなれば、恋愛時代の「あなたは特別」メッセージがもたらす胸のトキメキは得られないものの、相手にとっての自分の存在価値は極めて確実、安泰なものとなる。

やがて、暇に任せて来し方をしみじみと振り返る日が来るだろう。そして、自分が本当に愛したのは相手そのものというより、もしかしたら一粒の砂に過ぎない自分を、客観的根拠がないにもかかわらず特別な存在と認識してくれたこと、かけがえのない者として必要としてくれたこと、少なくともそう錯覚させてくれたこと、つまり「価値ある私」の確認ツールとしての相手だったのではないかと気づくかもしれない。しかし、気づく頃には人生もあらかた終わっている（中には、当初の錯覚のまま人生を終える幸せな人々もいるようだが……）。

その9

青い鳥

アメリカに40年以上住んでいても、未だによく分からないことが多々ある。その中の一つは、聞いたこともないような大学のロゴ入りのTシャツを着た人や、車の後ろの窓に知名度ゼロの大学名が書かれたステッカーを貼って走る車をしばしば見かけることだ。それは多くの場合、自分の卒業した大学や子供が行っている大学なのだろう。確かに、どこの大学だろうと晴れの入学式の日には気持ちが高揚し、思わず学校のロゴ入りのステッカーやTシャツを買ってしまうというのはよくあることだ。たとえハーバードやスタンフォードなどの名門校だとしても、そのロゴ入りのシャツを着たりステッカーを貼ったりして不特定多数の人々に自慢しまくるセンスはいかがなものかと思うが、それでも一応そのココロは理解できる。しかし、一般的には自慢になりにくい思い切りマイナーな大学名が記されたTシャツやステッカーを、これ見よがしに披露しながら都大路を歩いたり車で走り回ったりというのは一体どのような料簡に基づくものなのだろうと、首を傾げたまま40年以上が過ぎた。

そんな些細なことを何十年も気にかけてきたのかと我ながら呆れるが、つらつら考えてみると、そこには思いのほか重大なことが隠されているような気がしてきた。背後にあるのは、世間様の評価がどうであれ、私の学校は私が卒業した学校であるが故に誇るべきだという考え。すなわち、この国で色濃く見られる「自分は、有りのままの自分で価値がある」という、あの価値観に違いない。スローガンは、Everyone is special! You should be proud of yourself!（誰もが特別の存在！　自分自身に誇りを持つべきだ！）。燃やせば骨と自己愛しか残らない人間にとり、これほど有難く受け容れやすいスローガンはなかろう。

「価値ある私」を実現するため、ありとあらゆる尺度を持ち出して他者と比較し、力ずくでも自分の優位性を確認するという前述した手法の対極にあるのが、一切の比較を否定するこのアプローチだ。自分のどこを探しても容姿が美しい、頭脳が優れている、金持ちだ、特別な才能がある、由緒正しい家柄の出身であるといった、一般に高く評価される価値が見当たらない場合でも、このアプローチさえ心得ていれば心配は無用。探し回る必要もなく、求めている青い鳥は、すでに自分の手の内にあるからだ。相対比較による自分の価値確認がうまくゆかない場合は、この最終手段を使うに限る。他者と較べてどうであろうと、誰でも有りのままの自分に絶対的価値を認めそれを誇るべきだという価値観があれば、他には何も要らない。「オリンピックは参加することに意義がある」というよりはるかに寛容で（もっとも、オリンピックは参加するまでのハードルが恐ろしく高いので、寛容そうに聞こえるが実際の参加成功率は限りなくゼロに近いが）、「人間は存在そのものに価値がある」となれば成功確率は１００％だ。たとえ極悪人であろうと、誰でも間違いなく「価値ある私」になれる。

比較を廃し「私は私であるが故に価値がある」という青い鳥型の「価値ある私」確認ツールは、日本よりもアメリカでの方がはるかに広く定着してることは明白だ。アメリカの学校では、このツールの威力は絶大で、子供たちは幼い頃から「有りのままの自分」に価値があると深く、深く刷り込まれる。自らの出自や職業、能力、身体的特徴などを恥じるのは間違った考え、恥じること自体が恥ずかしいことと教えられる。人種や文化、性別、性的指向、肉体的特徴、心身障害などは、それが何であろうと「問題」ではなく、誇るべき「個性」と再定義される。そして心の奥深く封印された場所で本当はどう思っているかは別として、有りのままの自分を誇る人を表立って否定することも断じて許されない。実際こうした教育の成果は顕著で、先日も、米国に住むイタリア人を父、日本人を母とする少年が、「ぼくは何人でも構わない。ぼくは、ぼくなんだ！」と主張する作文がコンクールで入賞して新聞に掲載されていた。平成30年に内閣府が日本を含む世界先進7カ国に住む13歳から29歳の若年層を対象に実施した意識調査でも、「自分自身に満足しているかどうか」という質問に対し、米国人の87％が「そう思う、どちらかといえばそう思う」と答えたのに対し、同様の回答をした日本人の割合はわずか45・1％というから、国民性の違いを差し引いても教育の力は絶大だ。

一般に、こうした考え方は、元々「Big Me」に象徴される1960年代のブーマーたちから生まれたものだとされている。実際、アメリカで「自尊心（self-esteem）」という言葉が出現し、その研究が活発に行われたのも60年代だ。しかし、その起源は40年代にまで遡るという説もある。第二次世界大戦中、様々なガマンや制約を強いられた人々は終戦を迎え、「戦争は終わった！」という解放感に浸った。そして、これからは有りのままの自分を肯定し伸びやかに生きたいという思いが、こうした価値観を作り上げたのだという。戦争中、おそらくアメリカ人の何倍もの我慢を強いられたであろう日本人が、終戦後は自信を失い自己否定から出発したのとは大違いだ。それが戦勝国と敗戦国の違いなのかもしれないが、もはや戦後も80年近い。それでも日本では、若い世代は利己的だ、自分勝手だというネガティブなコメントを耳にすることはあっても、「有りのままの自分賛歌」はあまり浸透していない気がする。

しかし、よくよく考えると、日本社会にも「比較否定」のメンタリティがないわけではない。それどころか、ある意味ではアメリカに負けないほど根強く、かつ広範に見られるとも言える。ただ大きく異なるのは、この考え方は、アメリカでは比較を排することで誰もが「価値ある私」になることを目的としているのに対し、日本では、比較による差を認めないことで「価値のない私」が生まれないようにすることに重点が置かれているように見える点だ。年功序列や「皆が一等賞」の運動会などは、比較評価を廃し積極的に全員の価値を認め褒め讃えるというより、むしろ、比較せず誰にも際立った優位性を認めないことで、表面的に「負け組」が明らかになるのを避けようとする態度に基づくもののように思われる。つまり誰にもかけがえのない価値があるというプラスのメッセージを送るのではなく、むしろ、平均以下の人を目立たなくすることの方が重視されているようだ。

試しに「自尊心（self-esteem）」というキーワードを使い日本語と英語でオンライン検索して比較すると、案の定、アメリカのサイトでは、もう充分じゃないですかと思われるのに、どうすれば自尊心を強化できるかという活気溢れる自己啓発的アドバイスが氾濫している。それに対し日本のサイトの多くは、自尊心が低いことに起因する諸問題にフォーカスする地味なアプローチ。そこからは、「さあ、比較はやめて自分を無条件に肯定し、自信を持って進んで行こう！」という前向きの姿勢は感じられない。

どんな自分であっても有りのままの自分で価値があると誇りを持つことを奨励するアメリカ型アプローチと、少々劣っていても、その現実をカモフラージュして劣等感を抱かないよう保護してくれる日本型アプローチのどちらが、「価値ある私」のタメになるのだろうか。もっとも、日本に見られる比較の排除は、特定の信念や理念の表明というより、単に比較によって明らかになる差にうまく対応できない管理者側の能力不足や都合によるものである場合が多いようにも思われるが……。

その10　お役立ち願望

言葉が分からない国に行く時に現地の言葉を一つだけ覚えるとしたら、最も汎用性が高く、かつ重宝する言葉は「トイレ」でも「ホテル」でもなく、おそらく「ありがとう」に相当する言葉だろう。よほど偏屈でもない限り、何かしてあげた時に「ありがとう」と現地の言葉で感謝され悪い気がする人はいない。悪い気がしないどころか、もっと助けてやろうという気になり、もしかしたらトイレを貸してくれたり、近い場所ならホテルまで送ってくれたりするかもしれない。

人は一見利己的に見えるが、意外や意外、「もらう」ことより「あげる」ことの方が好きだったりする。たとえ断然「もらう」ことの方が好きという功利一辺倒のチャッカリした人でも、潜在的な「お役立ち願望」があるものだ。「ありがとう」と言われ、自分の行為によって人が喜ぶのを見るのは誰にとっても理屈抜きに嬉しい。

しかし、所詮は燃やせば骨と自己愛しか残らないのが人間。意識するしないにかかわらず、背後には、他人のために尽くし感謝される（あるいは相手が感謝しているはずと思える）ことにより「価値ある私」を実感できるという、自分にとってのメリットがある点も見逃せない。他人様のお役に立っていると思えることで、自分の相対的優位性や存在価値を確認できるからだ。自分で自分の価値を確認する代わりに相手にそれを実証してもらい、相手の褌で相撲を取って星取りをしようという下心。

だから「別にお礼を言って欲しいわけじゃないですけどね」と言いながらも、ちょとした親切であっても然るべきお礼の言葉がないと、期待した価値確認効果が得られないものだから内心ムッとすることになる。一方、もらうばかり、お世話になるばかりというのは、経済的観点から言えば得しているように見えても、実は肩身が狭くて決して快いものではない。自分は価値あるものを持っていないという相対的劣勢や欠如を、いやがうえにも認識させられるからだ。

然るべき地位にいた人が定年退職後、職業として公園を掃除するのは抵抗はあっても、ご近所に喜ばれるボランティアとしてなら進んでやるという人は少なくない。自分は役立つ存在でコミュニティに貢献していると思えるし、出勤、登校途中の人々がかけてくれる「ありがとう」の一言も嬉しい。金銭的に報われない苦労の多い仕事をしている人からも、「お客さんが喜んでくれると、頑張ろうという気になる」という言葉がよく聞かれる。

企業の「報酬」でさえ、ボーナスなど金銭的なものに限らない。アメリカの企業の中には、社員のささやかな努力や配慮に対し、カードやメールによる正式な謝意表明を奨励する「サンキューノート・プログラム」なるものを導入し、社員の意欲を高めているケースが見られる。桜マークの「よくできました」スタンプ（今でも、そんな古典的なものが使われているのだろうか？）を喜ぶ子供じゃあるまいしと思うかもしれないが、組織中で「ありがとう」を連発するこのプログラム、投資額ゼロでありながら、意外にも功を奏しているという。経済的観点からは合理的でなくても、人々の中に「お役立ち願望」があるからこそ成り立つプログラムだ（もっとも、それは間接的に最終評価に反映するし、ポイント制で、頻繁に感謝されるとご褒美がもらえるというプログラムもあるようだが）。

企業プログラムのついでに言うと、「お役立ち願望」は個人だけでなく企業にも見られる。近年は、金銭的利益と社会的利益という二つの目的を明確に掲げ、純粋に営利目的の従来型企業との違いを謳う「Bコーポレーション」が登場。さらにアメリカでは、その立場が法的に保護される「ベネフィット・コーポレーション」と呼ばれる新しいタイプのお役立ち志向の事業体も出現している。しかし、従来型企業にも必ず「当社のミッション」のようなものがあり、折につけ、自社がいかに社会の皆様に貢献しているかを声高に叫ぶ。たとえ、実際にはせっせと中毒性のある薬剤の生産に励み大儲けしていても、「世界の人々の健康を促進し、明るい未来を築く〇×製薬会社！」と謳い上げ、間違っても「当社の第一の目的は、株価を上げることであります！」と明言したりはしないものだ。そんなことを正直に言ったら、臆面もなくホントのことを言ったという理由で製品は売れなくなり株価が暴落するばかりか、優秀な人材も集まらなくなる。だから、社会や消費者のお役に立っているというイメージづくりが是非にも必要だし、多分、経営陣もマジでそう思いたいのだろう。

話を個人に戻すと、ほとんどすべての人に潜在的「お役立ち願望」があるにもかかわらず、そこには、必ずしも誰もが簡単にそれを満足させられるわけではないという問題がある。一般に幼少期から中年期あたりまでは、深く考えさえしなければ、この願望に関する問題はそれほど深刻にはならない。子供でも「ありがとう」と言われると得意になり親の手伝いをしたり他人に親切にしたりすることもあるが、社会人になるまでは、基本、将来役立つための準備段階ということで、感謝される機会がそれほど多くなくても、お役立ち願望が満たされず自分が役立たずの存在だと思い悩むことは少ない。中年期には、たとえどう考えても世のため人のためになっていると思えないような仕事でも働けば一応お金は貰えるし、家族のため、会社のためと思えば、それなりに役に立っているような気分になれる。家庭でも、子供の面倒を見て三度三度の食事を用意し洗濯や掃除などしていれば、多少手抜きをしていようと、わりに簡単にお役立ち願望を満たすことができる。

問題はその後だ。やがて、四の五の言っても「子供のため」「家族のため」「会社のため」などと思えた日々はシアワセだったと思い知らされる日が来る。年を取るにつれ、家庭でも職場でも次第に自分の存在価値を確認、実感できる機会が減る。家庭では、子供は自立し親の出番はなくなる。職場でも、最近は経験の減価償却が激しく、蓄積が即アセットになるような職業はどんどん減っている。定年を迎えても、収入が必要、他にすることがないなどの現実的理由から大幅減給覚悟で雇用延長の再雇用を選ぶと、待っているのは窓際の指定席。実際、窓際族ほど人間の尊厳を深く傷つけ、存在価値を残酷な形で否定するものはないだろう。社会学者アーヴィング・ロソーが言うところの「役割のない役割」に耐えかね、早々と退職するケースも少なくないと聞く。いよいよ年金生活となり、たまの外出には高齢者割引料金で公共交通機関を利用し、車内では席を譲られ、遂には日常生活をするにも周囲の世話になりと、役に立たないどころか、ひたすら社会や他人様に迷惑をかけるばかりの日々へと向かう。

そうなると、お役立ち願望は行き場を失い、「ありがとう」の一言を引き出したい一心で、お節介や有難迷惑な言動に走りがちだ。子や孫に、無闇に物や金をあげたりするのもよく見られる現象だ。物悲しくも象徴的なのは、宮崎駿監督のアニメ映画『魔女の宅急便』の1シーン。おばあさんが孫のためにと手間暇かけて古いオーブンで焼いた心尽くしのパイを、宅急便サービスの魔女キキに託して届けると、孫が一目見るや「私、このパイ嫌いなのよね」と思い切り迷惑そうな顔をする。年寄りが、相手を自分のお役立ち願望を満足させるための大道具、小道具に使おうとすると、「小さな親切、大きなお世話」と疎まれかねない。お役立ち願望を満たすための適切な対象が見つからなければ、自分が世話をしないと生きてゆけないペットを飼い、言葉に出して感謝こそされないが、日々自分が役立っていることを確認するという奥の手もあるにはある。しかし、自分の世話さえままならなくなれば、ペットの世話どころではなくなる。

そこそこ元気なら、こうして宙に浮いた高齢者のお役立ち願望を吸収、活用するのに打ってつけなのは、ボランティア活動だろう。歴史的、文化的背景から、ボランティア活動が日本よりはるかに深くかつ広く根付いている米国では、高齢者のボランティア活動も昔から活発だ。しかし近年は、途上国に送る古着の仕分けとかホームレスのためのスープキッチンといった古典的なボランティア活動の人気は下火となり、より積極的な自己実現型、自己表現型の社会活動が注目されるようになっている。21世紀の高齢者には、地味なボランティア活動ではなく、キャリアで培ったスキルや人脈を活用し、自分の価値観を反映した非営利団体で働いたり、社会的目的を掲げた事業を起こしたりという第二のキャリア、「アンコール・キャリア」がアピールするようだ。カリフォルニア州で個人が立ち上げた、そうした願望をもつ人々を組織化し支援する団体encore.orgも、今や国際的ネットワークを展開するまでになっている。

従来型ボランティア活動の合言葉「giving back（社会へのお返し）」の他に、最近この手の活動で繰り返し聞かれるのが、「make difference（望ましい変化をもたらす）」や「インパクト」、「レガシー」といった逞しいキーワードだ。同じお役立ち願望でも、公園のゴミを拾う、通学中の児童のために横断歩道に立つなどのつつましい活動ではなく、自分の価値観と能力を明確な形で反映させ、インパクトを確認し、後々の世までしっかり足跡を残すというのがコンセプトだ。単に役立つだけでは不充分。自分の能力、自分が生きた証し、自分の存在価値を示すお役立ち効果、つまり、よりパワフルな「価値ある私」の確認願望だ。因みに、先に紹介した団体encore.orgのホームページには、最近まで「"A society grows great when old people plant trees under whose shade they will never sit."（老人が、自らがそこで憩うことのない木陰をつくるために木を植えれば、社会は発展する：筆者訳）」というギリシャの諺が掲げられていた。単純に「いい諺だな」と思っていたが、こういうサイトに引用されると、木陰でくつろいでいるところに、どこからともなく「これはワシが植えた木だぞ〜」と言う声が聞こえてきそうな気がするが……空耳かな？

自己愛の風景

正当化の試み

その11 代替的事実

選挙に敗れた後もゾンビのように出没しては世の中を掻きまわしているトランプ前大統領、２０２４年出馬は悪い冗談とばかり思っていたら、先頃、立候補を発表。トランプ政権は出だしから今日に至るまでユニークな話題に事欠かないが、その皮切りとなったのは、就任直後の、側近による「代替的事実（Alternative Facts）」発言だ。アメリカに「今年の流行語大賞」のようなものがあるなら、２０１７年には「代替的事実」が堂々上位ランク入りしたことは間違いないだろう。

これは２０１７年1月の就任式直後、当時、トランプ大統領の上級顧問を務めていたケリーアン・コンウェイが米ＮＢＣテレビの番組『ミート・ザ・プレス』に出演した際の名言（?）。ホワイトハウスの当時の報道官ショーン・スパイサーが、就任式に集まった人数について事実に反する発言をしたことに対する釈明に使われた言葉だ。圧倒的支持を得て就任したと思いたい大統領の切なる気持ちを汲んだのだろう、航空写真を見れば一目瞭然なのに、同報道官は事実に反し「今回の就任式は過去最大の人出だった」と断言した。番組でこの点を指摘されたコンウェイはスパイサーの発言を擁護し、「それは、代替的事実（Alternative Facts）を述べたに過ぎない」とシャラリと言ってのけた。

本来、「事実（Fact）」とは客観的で動かしがたいもの。言葉の定義からして、代替（Alternative）が存在するはずがない。それにもかかわらず、アメリカ政府の代表者が世の中には「代替的事実」なるものがあると公認したのだから、社会が拠って立つ原則が根底から覆されたようなものだ。こんな政権下で、これから4年間、一体何を信じ、どうやって生きて行けばよいのか困惑した人々は本屋に殺到し、昔学校で読まされたジョージ・オーウェル著『1984年』をむさぼり読んだと言う。これは虚偽の事実を標榜する架空の全体主義政府について書かれた1949年出版の小説で、この発言をきっかけに一躍ベストセラー・リスト入りした。当のジョージ・オーウェルも、出版後、70年近く経ってから降って湧いたこの突然の人気復活に、天国でのけ反ったことだろう。

しかしよく考えてみると、「代替的事実」はトランプ政権の発明ではない。トランプ政権のオリジナルどころか、ほとんどの人は、これまでの人生のかなりの部分を「代替的事実」に基づいて生きてきたと言えるのではないだろうか。「代替的事実」は「客観的事実」とは異なるものの、ウソとも違う。ウソというのは、それが事実ではないという明確な認識を前提とするもので、多くの場合、人は密かにそれが悪いことだと認識している。それに対し、「代替的事実」とは自分にとって望ましい形で認識される「事実」、すなわち、自分に都合のよい「事実バージョン2」だ。自分にとっては「事実」なのだから、もちろん罪悪感などあるわけがない。燃やせば骨と自己愛しか残らない人間にとり、これほど便利な「事実」はないだろう。

このコンセプトは、遺産相続について考えてみると分かりやすい。親が亡くなると、それまで一応は仲良く暮らしてきた兄弟姉妹が一変、遺産を巡って骨肉の争いを繰り広げるケースが世の中には掃いて捨てるほどある。裁判沙汰に至らないまでも以後は気まずくなり、各人が心にわだかまりをもったまま一生を終えるケースも少なくない。人生を一変させかねない何十億、何百億円というような遺産ならまだしも、大したこともない金額の遺産を巡って、かけがえのない兄弟姉妹との関係がこじれてしまうのは何とも悲しいことだ。それなのに、人はなぜこんな事態に陥ってしまいがちなのだろう。

この疑問を解くうえで鍵となるのが「代替的事実」だ。人は一般に、自分の貢献と他人が得したことは10倍に拡大し、逆に他人の貢献と自分が得したことは10分の1に縮小して認識する傾向がある（人は、少額なら借りたお金のことはすぐ忘れるが、たとえ100円でも貸したお金のことは絶対忘れないというのとも一脈通じるところがある）。だから世の中の人は、たいてい自分は損ばかりしていると思っているものだ。自分は年老いた親のために、長年、地道な世話をしてきた。一方兄弟姉妹は、都合の良い時に現れて親に派手なサービスはするが、実質、大したことはしてこなかった。それなのに、親は自分にさしたる感謝をしないばかりか、兄弟姉妹にはこっそり資金援助したり孫に物を買ってやったりと、何くれとなくよくしてきた。従って、遺産はそのような状況を清算するよう「フェア」に分配すべきだと考える。ところが兄弟姉妹も、それぞれ自分の貢献を10倍に拡大し他者の貢献を10分の1に縮小した、自分にとって都合のよい「事実バージョン2」に基づく言い分がある。こうなると、双方ともウソをついているという認識はないから事態がヒートアップすることになる。

熟年離婚する夫婦のケースでも、しばしば似たような状況が見られる。てっきり今の生活に満足していると勝手に思い込んでいた糟糠の妻から突然三行半を突き付けられ目を剝く夫は、こう思う。そりゃ、こっ恥ずかしいから妻の誕生日に花束など贈ったことはないが、妻子のために何十年も身を粉にして働き（じゃ、妻子がいなかったら何したの？）、家を建て、子供も大学まで出したではないか。そういえば、昔、家族を連れて海に行ったこともあったよな……。しかし、妻は「事実」をそのようには把握していない。子育ても家事も全部押しつけられ、しかもパートまでして自分が耐え忍んで来たからこそ、何とか家のローンも返し子供も大学まで行かせることができた。それなのに何の感謝の念もないどころか、定年退職後は家の手伝いもせず終日偉そうに振る舞い、老後を看取ってもらうことまで期待するなんて厚かましいにも程があると思っている。双方とも「10倍 vs. 10分の1」ルールに基づく「事実バージョン2」で状況を認識しているから、年甲斐もなく「理不尽感」に腸が煮えくり返る思いをするハメになる。

表立った争いごとでなくても、「代替的事実」は人間社会の日常のあらゆる面に蔓延している。例えばゴミ出し亭主。世の中には家事の何を分担しているかと聞かれ、胸を張って「ゴミ出し」と答える男性が多いようだ。亭主は、すでに玄関先に準備されたゴミ袋を出勤途中にあるゴミ捨て指定場所に運んでポンと投げることを、10倍ルールを適用して「家事の分担」と認識し、家事に協力する良き夫になった気分でいる。同じくゴミ袋を下げてきた近所の亭主とニコヤカに朝の挨拶など交わして「お宅も？　ご苦労様です」なんて言うのだろうか。

しかし、ゴミ袋を準備した妻にとっての「事実」は……。大変なのは役所から配られた細かい規則に従って日々ゴミを分別し、正しい方法で袋に入れたり縛ったりし、間違わずに決められた日に出すという一連の作業だ。分別方法を間違えばゴミは置いて行かれるし、ご近所から白い目で見られることにもなる。指定の曜日を忘れようものなら、また1週間、物によっては1カ月もゴミと共に暮らすハメになる。玄関から指定場所までわずか数十歩の距離を歩いてゴミ袋を運搬するなんて、訓練すれば賢い犬でもできそうなことだ。妻の目から見れば、ゴミ出し亭主は相変わらず「な〜んにも家事を手伝わない」夫。一連のゴミ管理の5％にも満たないこの部分を拡大解釈し、大層に「家事分担」なんて思ってもらっては困るということになる。

「代替的事実」は個人レベルだけでなく、世の中の多くの紛争を理解するうえでも役立つ汎用性が高いツールだ。延々と続く韓国との慰安婦問題やパレスチナ問題など天下国家の争いごとも、各々が自分に都合のよい「事実バージョン2」を主張するから、解決などあり得ない。様々な理由から歩み寄りが必要と判断し「10倍vs.10分の1」の基本ルールに若干の調整を加えても、心の底から納得していないため、何かのきっかけがあるとすぐ自分に都合のよい「事実バージョン2」が頭をもたげ、元の木阿弥状態となる。

トランプの就任式の人出のように、いくら自分に都合のよい「事実バージョン2」を振りかざしても、客観的事実を示す航空写真がある以上、それで他者を説得するのはムリというケースもある。しかし相続や離婚問題から国際紛争に至るまで、多くの場合、争点となることは主観的なもので実証不可能。各人、各国が自分の視点、感覚、都合に基づいて認識する異なるバージョンの事実が錯綜するため、関係者一同が納得する共通の「事実」を見出すのは至難の業だ。自分の貢献と他者に都合のよいことは控えめにせめて今の半分ぐらいに見積もり、他者の貢献と自分に都合のよいことは気前よく今の2倍くらいに認識するようにすれば世の中もう少し暮らしやすくなりそうなものだが、それは人間の本性に反することなので、あまり期待はできそうにない。

その12

マイ・ストーリー

医者が自ら病気になり最期を迎える場合、一般の患者のように無知の強みを生かしてあり得ない希望にすがることができないだけに、厳しいものがあるだろう。神経医学専門医でベストセラー作家でもあったオリバー・サックスが81歳で重篤な病気になり最期が目の前に迫った時、『ニューヨークタイムズ』紙に「My Own Life」と題する記事を寄稿した。そこで自分の病状や思いを冷徹に書き綴った後、最後はこう締めくくっている。「死を恐れていないといえばウソになる。しかし、今、私の心の中にある一番大きな思いは感謝の気持ちだ。私は人を愛し、愛された。多くを与えられ、何がしかのお返しができた。本を読み、旅をし、考え、そして書いた。さらに、私は世界と深く関わってきた。特にライターや読者たちとの深い関わりをもつことができた。そして何より、私は感覚をもつ存在、考える動物として、この美しい地球に生きることができた。そのこと自体がとてつもない恩恵であり、また冒険だったのだと思う（筆者訳）。」

一方、溜飲が下がるような発言で読者をたっぷりと楽しませてくれた絵本作家の佐野洋子は、癌の宣告を受けた後も旺盛な執筆活動を続け、著書『役にたたない日々』の中で次のように書いている。「人はいい気なものだ。思い出すと恥ずかしくて生きていられない失敗の固まりの様な私でも『私の一生はいい一生だった』と思える。本当に自分の都合のいいようにまとめるのは私だけだろうか。」（２４７頁）

いいえ、いいえ、あなただけではありません。オリバー・サックス先生や佐野洋子さんのように、普通の人の目には随分と立派に見える人生を送った方々も、何ら特記すべきもののもない地味な人生を生きた人々も、はたまた明らかに悔やむべきマイナス点ばかり多い一生だった者も、人は一般に終着点が視界に入った時、「私の人生はそれなりに生きる甲斐のある、よい一生だった」とポジティブに結論づけて締めくくろうとするものだ。それは、人生内容の松竹梅にかかわらない。むしろ盛大に白旗を揚げ、「私の人生、見事に大失敗。全く価値もなく、生まれてこなかった方がよかった！」と大声で叫んで退場する人は珍しいのではないだろうか。そもそも、燃やせば骨と自己愛しか残らない人間が、たとえどんな人生であろうと、最後の最後に自分の存在価値を全面否定してこの世を去れるわけがない。

ただ漠然と自分の人生はそれなりに価値あるものだったと思うだけでは物足りず、自分史を編纂して念入りに書き残そうとする人も少なくない。退職したり子供が巣立ったりしてから、健康問題に対応するだけで精一杯という最晩年までにまだ時間がある人々は、四国八十八カ所巡礼の旅、そば打ち、ボランティアなどさまざまな活動をするが、自分史も人気の老後アクティビティのひとつだ。事実、団塊世代の定年に合わせるように大手出版社が相次いで自分史ビジネスに肩入れしたところを見ると、多額の資金を投じて自費出版する人も結構いるようだ。一見大したドラマもない自分の人生でも、こうして書き綴ってみると、子や孫に残すに値する価値あるものだったと思えるのだろう。

発達心理学者のエリク・エリクソンの学説によると、佐野洋子が言う、自分の人生を「都合のいいようにまとめる」傾向は、人間の心理的発達上の自然な現象らしい。エリクソンは、人は一生心理的発達を続けるもので、そこには八つの発達段階があるとしている。と言っても、エリクソンは特に子供の自我発達に関心が高かったと見え、生後から思春期あたりまでは、数年ごとの段階に分けた詳細な説明があるのに、年齢が高くなるのに伴い区切りがどんどん大まかになり、最後の8段階目の老年期に至っては、65歳以上がざっくりと一まとめだ。長寿になった今日、65歳も98歳も一緒くたというのは、やや説得性に欠ける嫌いもあるが、とにかく老年期の心理的発展は、賢さと英知に基づく「自己統合」に向かうものとされる。すなわち、健全に「発達」する人は、この段階になると、これまでの人生を振り返り自分の人生を心静かに受け容れ、ポジティブに統合しようという心理が働くようだ。

そのため、大して芳しくない人生を送った人でも、多くの場合、時間切れになってから後悔し、あたふたしたり絶望のどん底に落ち込んだりはしない。むしろ、「大した出世はしなかったが、定年まで一応きちんと勤めあげ、子供も大学まで出した。わずかとはいえ貯金や年金もあり食うには困らないし、孫もいて、そこそこシアワセな老後を送っている。ま、それなりに意味のあるよい人生だったかな」というストーリーに落ち着く。現実がどうであれ、終着点近くになって自分の人生を総じて無為ではなかったと納得する傾向は、人間の無意識の自己防衛本能、知恵、そして諦念でもあるのだろう。社会全体で見ると、それは一種のセーフティーネットの役割を果たしている面もありそうだ。多くの人々が自分の人生をシビアに分析し、佐野洋子のように「都合のいいようにまとめる」という発想ができなければ、高齢者の鬱症状や自殺は今よりはるかに深刻な社会問題になっているに違いない。

ところが、世の中には丸く収まりそうなことに水を差す人もいる。哲学者でエッセイストの土屋賢二は、『あたらしい哲学入門 ―― なぜ人間は八本足か?』という著書で、「人生は無意味か?」という問いかけは、「なぜ人間は八本足か?」というのと同様、論理的に破綻した無意味な問いかけであると一蹴する。「意味がある」という言葉は、「ある目的を達成するのに役立つかどうかによって決められ」、それは「客観的に判断されること」であるのに対し、「人生に意味がない」(または価値がない)と言うのは、単なる「個人的な感想」、具体的に言えば人生が思うようにゆかず、「あ〜、つまんない!」という個人的な感想をもらしているに過ぎないと主張する。意味があるとか無いとかいう問いは、「インフルエンザ治療に豆腐を食べる意味があるかどうか」、すなわち客観的基準に照らして正しいか間違っているかを証明できる事柄についてのみ成り立つ問いだと指摘する。

もちろん、これは「意味がある」とは何かという言葉の定義の問題だ。しかし、自分の人生はそれなりに意味あるものだったと結論づけたり、意味あるものかどうか問うたりすること自体が無意味だと理路整然と論破され、「あ、さよですか」とおとなしく引き下がる人は多くはいないだろう。たとえ牽強付会と言われようと、論理が破綻していると指摘されようと、犬やカラスと違い(おそらく)、人は性懲りもなく人生の「意味」や「価値」

を模索し続けずにはいられない生き物だ。特に、抽象的な思考を始める思春期と、考える暇がたっぷりある老後において、「人生の意味づけ」は多くの人にとり重要な作業となる。ただ老後が思春期と異なるのは、若者のように失敗から学びさらに模索を続けようなどと悠長に構えるわけにはゆかず、曲がりなりにも満足できる答えを即座に見つけなければならないこと、そして、結論は常にポジティブなものでなければならないと決まっていることだ。

老年期に人生を総括するマイ・ストーリー創作に取り組む際、「我が人生の意味を問う」ことが論理的に破綻したものかどうか、はたまた、その根拠となる人生の客観的事実がどうであったかなどは、基本どうでもよいことなのだ。重要なのは結論。自分の人生はそれなりにシアワセだったと締めくくれる、ポジティブなストーリー作りができるかどうかだ。人生の様々なシーンを思い返し、必要に応じて脚色を加え、針小棒大の工夫を凝らし、望ましくない、あるいは辻褄が合わない部分は思い切って削除する。その結果、何とか都合のよいストーリーを組み立て、最終的に「大満足とは言えないけれど、ま、それなりに意味があるよい人生だった」というところに落とし込めれば大成功だ。客観的現実は今さら変えようもないが、ポイントは、何となく「めでたし、めでたし」という雰囲気で締めくくくれるように、人生の諸事をどう意味づけし解釈するかの一点にかかっている。若干のクリエイティビティも活用してストーリーが上手くまとまれば、誰もが佐野洋子のように「いい一生だった」というポジティブなマイ・ストーリー作りに成功するに違いない。

その13 親孝行

後に近江聖人と呼ばれた中江藤樹は幼少の頃、修行先で、人として最も大切なことは親孝行をすることだと学ぶ。母のアカギレがひどいことを知った10歳の藤樹は、それを治してやりたい一心で、修行先の伊予から近江まで薬を持ってはるばる母の元へ向かう。宿に泊まるお金もなく雪の中で行き倒れになりかかったところを助けられ、ようやく近江にたどりつくという親孝行の鑑のような話だ。それだけでも涙、涙なのに、一角の人物になるまでは家の敷居を跨がせないと決めていた母は、遠路はるばるやって来た息子を家にも上げず、心を鬼にして直ちに修行先に帰らせたという展開でさらに涙。こうした逸話はじめ、日本には、思い出すだけでも胸がキュンとするような孝行話がたくさんある。儒教の教えが大分薄まった現代でも、多くの人が親孝行をしたい、あるいはすべきだと考えているようで、初任給をもらった時に親にプレゼントするとか、親を連れ、孫たちも一緒に家族で温泉旅行に行ったり食事会をしたりというのは親孝行の定番となっている。

そうした一点豪華主義の親孝行は、多少経費がかかっても手放しで喜ぶ親の姿を見られるだけでなく、何か子としての「お務め」を果たしたような満足感が得られるし、自分の都合や懐具合に合わせて（旅行や食事会の場合、費用は親持ちというケースもままあるようだが）実行できるので、概ね親子共々ウィン・ウィンとなる。しかし毎年盆暮れには必ず実家に帰るとか定期的に電話をかけるとかなると、正直、何となく面倒だったり気が重かったりという人も少なくないのではないか。親の顔を見たくない、声を聞きたくないというわけではないが、親と話をすると、あまり触れられたくないことを根掘り葉掘り聞かれたり的外れな説教をされたりすることも多く、なかなか気持ちがウキウキというわけにはゆかない。より優先順位の高いことも多々あり、正直、負担に感じる場合もある。いずれにせよ、重度のマザコン男でもない限り、親に会いに行く時や電話をかける時の気持ちが、恋人や友達に会いに行ったり電話をかけたりする時のトキメキに遠く及ばないのは致し方ない。

一般に親孝行は、孝行をする子供にとっては、お世話になる一方だった親に恩返しをして喜んでもらうという「与える喜び」、すなわち前述した「お役立ち願望」を満たせる機会になるとともに、親孝行をする「正しい自分」を確認できるという、燃やせば骨と自己愛しか残らない人間にとっては二重のメリットがある。それにもかかわらず、現実には、なぜか親孝行はなかなか100%ポジティブな体験とはなりにくい。親孝行が曲者なのは、親孝行は心から喜んですべきことだという儒教的概念が深く刷り込まれているものだから、それを少しでも煩わしく感じたり重荷に感じたりする自分に気づくと罪悪感を抱いてしまいがちな点にある。人は自分のことを、義務感だけで渋々親孝行をしている恩知らず、偽善者、冷淡な者とは思いたくない。あくまで、一点の曇りもない気持ちで親孝行するパーフェクトな自分でいたいのだ。

しかし多くの場合、親孝行のレシピには、親に対する自然な慈愛の情の他にも、「正しい自分」を確認したいという欲求、「やるべきことをやった」という自己満足、「やらねばならぬ」という義務感、親を粗末にする自分にはなりたくないという自己イメージの問題、はたまた後で後悔したくないという、先を見越した用意周到な考えなど、様々な要素がミックスされているのが現実だ。通常、100%そのどれか一つということはないだろう。それにもかかわらず、親孝行は心から喜んですべきものという刷り込み概念があるため、人は往々にしてそれ以外の要素が含まれることを自分に許さない、あるいは認めたくないようだ。親孝行は自分の人間としての品格を見極める試金石となるもの。親孝行をするか否か、どんな気持ちでするかで、あたかも自分の人間性や良心が試されているような気になるのかもしれない。「パーフェクトな自分」願望症候群の一症状と言えよう。

それでも親が一応元気で自立している場合なら、理想的な孝行息子や孝行娘でないことでチクリと心が痛んでも、高額なプレゼントや温泉旅行を奮発して一挙に挽回という手もある。しかし、親が日常的に何らかの助けを必要とするような状態になったり、さらには本格的な介護が必要になったりすれば、もう親孝行なんてキレイごとを言っている場合ではなくなってくる。やるべきことの内容そのものの厳しさに加え、事態をさらに辛いものにするのが「パーフェクトな自分」願望症候群だ。心を込めて喜んで親孝行をする自分でありたいという思いと、それを実行することに伴う否定しがたいネガティブな感情との間に葛藤が生じ、自らを責めることになりかねない。

定期的な電話や、せいぜい温泉旅行レベルの親孝行についての概念を、そのまま壮絶な介護にまで適用し、苛立ち、時には親を憎んでさえしまう自分を責め苛む。介護疲れや、目を覆いたくなるような現実のおぞましさから、つい親に向かってきつい言葉を口にしたり邪険な対応をしたりしてしまうと、後で激しい自己嫌悪に陥ることになる。水村美苗著

『母の遺産』に出てくる、「ママ、いったいいつになったら死んでくれるの？」という衝撃的な言葉にギョッとしながらも、「時にそんな思いが頭をよぎるのは、私だけではなかった」と密かに安堵した人も少なくないのではないか。

そもそも親孝行という言葉や概念が生まれ定着した時代には、認知症や寝たきりの状態で5年も10年も生きるような親はほとんどいなかっただろう。だから、渾身介護、壮絶介護を、肩たたきや温泉旅行といったレベルの親孝行の延長として捉えることは不適切だ。そして何より、子が一人前になれば、親の実質的リソースとしての価値は失われるのだから（もっとも近年は、成人しても延々と親のスネを齧り続ける人もいるようだが）、元々、子はいつまでも親に強い執着をもつようにはできていないに違いない。そのため、親に対する思いが徐々に薄れてゆくのは自然な理ではないだろうか。もしそうでなければ、人類はとうの昔に絶滅していたかもしれない。

同じように大変であっても、子育てに伴う困難と親の介護に関する困難に対する気持ちに、自ずと違いがあるのもそのためだろう。反論が出ること覚悟で思い切り単純化して言えば、子育ては自然な種の保存本能に基づく行為、親孝行は社会的教育の結果である理性に基づく行為という本質的違いがあるのではないか。「ママ、いったいいつになったら死んでくれるの?」は問題発言とされても、子育てについて「ママはいつになったらラクになれるの? 早く大きくなってよ」と言っても特に非難されることはないであろうことにも、この二つの本質的違いが見られる。

古典的親孝行のコンセプトに基づく「パーフェクトな自分」願望症候群により、密かに自分を責めている介護軍団の皆さん、義務感からだろうが、若干遺産目当ての下心があろうが、自然の理に抗して一応最後まで親の面倒をみようというなら、それだけでリッパ、リッパ、合格点ではないでしょうか。親の介護を厭うべきではない、喜んで行うのが「正しい自分」であるという呪縛から自分を解放し、世代は順番、できることはやるが、時に「ママ、いったいいつになったら……」と思うのも自然な感情だと受け容れたら、壮絶介護も少しラクになるのでは?

その14　鬼は外、福は内

子供の頃、「だって」と言うと、口答えするなと叱られたものだ。しかし、これは子供だけでなく、何か失敗したり間違ったりした場合、自己の正当化を試み、自己愛の対象となる自分のイメージを可能な限りポジティブなものに維持したいという万人の思いを反映するものだ。言い訳せずさっさと非を認めて謝った方が事態が好転するに決まっていると思われる場合でも、本人はダメージコントロールに一生懸命。言えば言うほど相手の心証をさらに悪くするにもかかわらず、自分は正しい、または間違っても仕方ない状況だったことを何としても相手に納得させたいという衝動を止めることができない。もはや弁解の余地なしとなれば、心中、自分の非を指摘した人を逆恨みし、「ムリもない」「私もやっちゃったことある……」などと言ってフォローしてくれる人が「いい人」「優しい人」ということになる。

いくら自分を甘く評価しても、さすがに高得点はつけがたいという場合は、巧みな表現で負の自己イメージの転換を図るというダメージコントロール手法もよく使われる。たとえば、人生あらかた終わったところで来し方を振り返る時にしばしば聞かれる「私は不器用だから」という言葉。自分は頭も容姿も悪くないから、本来ならもっとマシな人生結果が得られて然るべきだったのに、何かと割を食ってきたというストーリーだ。学生時代は、密かに自分の方がワンランク上だと思っていたが、何十年後の今はどうしたことか。あの時の友達は、今やグルメ探訪だ世界周遊クルーズだとリッチなセカンド・ライフを楽しんでいる一方、こちらは質素な年金暮らし。子供たちの仕上がり具合にも歴然とした差が見られる。そこで、「私は不器用な生き方しかできなかったから」……というセリフが登場する。

ここで重要なのは、「不器用」は一見ネガティブな表現なようでありながら、言っている本人にとっては密かにポジティブに認識されている、隠れキリシタンみたいな言葉だという点だ。つまり、自分は不器用な生き方しかできないダメな人間だったと言っているようだが、実は、結果が捗々しくなかったのは、自分が実直な性格で人を押しのけたりズルいことをしたりして上手く立ち回れなかったためで、決して能力不足や努力不足が原因だったわけではないというメッセージを送っている。この他にも、「口ベタ」、「バカ正直」、

「シャイ」、「信じやすい」、「お人好し」、「要領が悪い」など、ネガティブな自己イメージを巧みにポジティブに脚色するために使えそうな隠れキリシタン言葉は数々ある。

しかし、望ましい自己イメージを維持するためのダメージコントロールの手段として、言い訳や隠れキリシタン言葉よりはるかにパワフルなものがある。自分の価値を高めることの要因は自分の属性、自分の価値を損なうことの要因は自分の属性以外のものであるとする、心理学で言う「自己奉仕バイアス（self-serving bias）」の適用だ。テストで良い点が取れたら、それは自分が頭が良く努力した結果であると考え、悪い点なら、質問が分かりにくかった、先生の教え方が悪かったなどの外因によって説明しようとするお馴染みのアプローチ。要は、望ましくない事柄の要因は自分の外にあるものとして内から追い出し、望ましい事柄の要因は自分に属するものとして内に取り込む「鬼は外、福は内」の精神に基づくものだ。

「自己奉仕バイアス」などという大層な名前までついているくらいだから、これは洋の東西を問わず、燃やせば骨と自己愛しか残らない人間に見られる共通の特性なのだろうが、アメリカでは特に「鬼は外」の傾向が顕著に見られるような気がする。そこで基本となるのは、自分の価値を損なうことは、何らかの理由で本来の自分の姿が損なわれた「正常ではない状態」であり、是正すべき対象、是正可能なことと見なす傾向だ。歯が痛いのは本来の正常な状態ではないから、歯医者に行って治療するというのと同じ発想だ。

もはやブームとさえ言いたくなるのが子供たちの学習障害。学校で落ち着きがなく成績が芳しくなければ、ひと昔なら、よほど端迷惑で異常な行動でもしない限り、まずは親のしつけが悪いのではないかとか、元々子供の能力が足りないのではないか、あるいは単にそういう性格なんだろうと考えたものだが、近年、多くのアメリカ人は決してそうは思わない。これは学習障害という病気で、ウチの子は本来は注意力も学力も抜群のはず。この病気さえ治せばハーバード大学だろうがスタンフォード大学だろうが楽々合格だと信じ、薬を飲ませたりセラピーを受けさせたりと対策に精を出すことになる。

正式には「注意欠陥多動性障害」という名称がつけられている子供の数は、ここ20年間で急増。今や4～17歳の子供の10％以上が障害ありと診断され、その多くが薬を服用しているという調査結果も見られる。わずか20年でアメリカの子供たちの健康状態や能力が激変したとは考えにくいので、これは、注意欠陥多動性障害に対する認知度が高まり、進んでそのラベルを付けようとする人が増えた結果だと言えよう。どこまでが本当に薬を要するような「病気」なのかは分からないが、この数字には、望ましくない成績や行動傾向を治療対象として外在化したいという「鬼は外」願望が多分に反映されていると思えてならない。近所に住む公立小学校の先生は、近年、学習障害をはじめとする子供の学習・発達関連の「病気」が多々特定され、クラスの半数近くが何らかの「特別教育」を要する生徒になってしまったと嘆いている。

大人になっても、周囲に対する配慮や他者への理解、共感能力に著しく欠ける人というのは結構いるものだ。しかしアスペルガーとも呼ばれるASD（自閉スペクトラム症）だと診断されれば、それは性格上の問題ではなく、当人本来の人格とは関係のない「お病気」ということで、その人の価値を損なうものとは見なされなくなる。認知症の人の言動を非難すべきでないのと同じく、たとえ無神経な発言や行動で酷い目に遭っても、それを責めたりしようものなら、責めた人の心ない対応ということで逆に非難されかねない。「病気」のお墨付きさえあれば、問題を外在化できるわけだ。

同様の発想で、老化を「病」と捉える傾向も顕著だ。20世紀半ば、老化は様々な疾病の集合体であるとの考えから「老化症候群」という用語が生まれ、癌や高血圧症など加齢に伴う疾患が特定されたことで、老化そのものを疾病、正常でない現象と見なす傾向が見られるようになったとされる。それが即、老化は予防したり治療したりできるものという考えに繋がったことは言うまでもない。総称で「蛇の油（snake oil）」と呼ばれる、怪しげかつ法外な値段のアンチ・エイジング商品やテクニックを売り込もうとする悪徳業者はもとより、シワやシミ、たるみなどを自分本来の属性として断固容認しがたいと思う人々にとり、これは実に好都合な考え方だからだ。「ホントの自分」はいつまでも若くて美しく、体に現れたこれら歓迎しがたい現象は本来自分に属すものではない老化という疾病がなせる業、すなわち外因によるものだ。したがって、最先端科学や技術を駆使して「予防」「治療」しようということになる。

学習障害やＡＳＤ、老化でも、どこまでが自分に内在する如何ともしがたい属性で、どこまでが自分の属性と切り離して対応し是正可能なものかの線引きは、医学や科学の課題であると同時に人生観の問題でもあると言えよう。それは究極的に、鬼を出したり福を入れたりする主体となる自分とは一体何者かという問題だ。人間には、自分の構成ブロックの中にネガティブなものは含めたくないという共通の潜在的願望があるが、鬼をせっせと掃き出す作業もあまりに度が過ぎると、「望ましい自分」と「現実の自分」のギャップが大きくなりアイデンティティの危機を招きかねないので要注意だ。

その15　正しい私

世の中には「正しい」ことがいっぱいある。古くはモーゼの十戒に見られる「人を殺すなかれ」「盗むなかれ」「隣人について偽証するなかれ」など宗教上の諫めから、現代では罰則を伴う法律としての殺人や窃盗などの禁止項目や車の制限速度に至るまで、社会でやってはいけないこと、すなわち「正しい」こととは何かを示す掟が数多くある。社則や、校則の類いもある。さらには、今や古典とも言える塩月弥栄子の超ベストセラー『冠婚葬祭入門』に代表されるような、マナーの権威を自称する人が独自に決めた作法や、文書化されていなくても、多くの人が支持する習慣や常識、倫理観に基づく正しさもある。この他にも、足し算の答えが合っているとか、仕様基準に準拠している、事実と一致しているといった、別の意味での正しさも含め、実に多種多様な「正しさ」がそこここに蔓延している。

へそ曲がり、スネ者、偏屈者など、敢えて正しいとされることに逆らうのを身上とする人もいるにはいるが、大半の人は「正しい私」が大好きだ。テストが１００点なら、文句なく嬉しい。たとえ法律を無視し官憲を上手く欺くことを商売とするようなヤクザでも、その世界での仁義はきっちり守るというように、誰しも譲れない「正しさ」の基準というものがある。何等かの基準に照らして自分は間違っていないと確認できることは、ポジティブな自己イメージを維持するうえで不可欠なのだ。貧しくとも、何ら誇るべきものがなくとも、お天道様に恥じない毎日を送っていると言えることは、自分の価値を確認する大きなよすがとなる。さらに多くの人は、自分の得になる、都合が良いというだけでは不充分で、それを何とか周囲の者に「正しいこと」として認めてもらいたいという欲求もあり、色々理屈をつけては物事の正当化を図ろうとするものだ。

もちろん、正しいとされる諸々のことを全部きっちり守って生きている人、決して間違いを犯さない人などいないし、もし「私は常に正しい！」と豪語する人がいるとすれば、その人はとんでもないウソつきか、はたまた絶望的なほど自己認識の甘い人だろう。むしろ四角四面に法律や規則に従い、本当に正しいことばかりしているような人がいたら、「堅苦しい」「近寄りがたい」「可愛げがない」とあまり歓迎されそうにない。それでも、「正しい私」であることが、自己愛を維持、強化するための大きな柱の一つとなっていることには変わりない。

しかし自分の価値確認ツールという観点から見ると、「正しさ」は、社会的地位やお金、美貌などとは本質的に異なることが注目される。冒頭に述べたように「正しさ」には様々なタイプがあるが、そこに共通しているのは、教典、法律、一般常識や習慣、はたまた科学や論理的根拠などに基づき、何らかの客観的な「あるべき姿」がすでに定められているという点だ。他人様がどう思おうと自分が美人であると信じれば「美人」になれるし、何億円もの資産があっても金持ちだと思えない人もいるのに対し、どんな屁理屈を並べても他人の物を盗めば犯罪とされ、1＋1＝3と回答すればバツになる。また、財力や美貌、社会的地位の尺度などは多分に主観的かつ相対的なものであるため大っぴらには自慢しにくいものだが、正しさは後ろ盾となる客観性があるので胸を張って主張しやすいという違いもある。口角泡を飛ばして自分がいかに正しいかを力説している人は、一様に張り切って顔が輝いている。自分の言っていることに陶酔し、思わず「うん」なんて自ら合いの手を入れつつ話す人もよく見かける。

ただ問題は、正しい自分であることはシンドイということだ。欲しくても他人様のものは取ってはいけない、たとえ本心に反しても差別と見なされることを言ってはいけない、どんなに急いでいても高速道路を150キロで飛ばしてはいけないなど、正しくあろうとすると、往々にして自然な欲求やニーズに逆らう窮屈な思いをするハメになるからだ。たとえ自分にとって都合が悪くても、定められた「あるべき姿」に合わせなければ正しくはなれない。トランプ前大統領が、あそこまで社会の規律、一般的な倫理観や常識を無視し暴言を吐きまくった挙句選挙に敗れても（本人は未だに敗れたとは思っていないようだが）、依然として根強い支持があるのは、とても自分では言ったりやったりする度胸はないが、本音に徹し悪びれることなく「正しくない」行動や発言をする様に溜飲が下がり、密かに拍手喝采している人々が大勢いるからに違いない。「正しい私」に疲れてしまった人々だ。

燃やせば骨と自己愛しか残らない人間が自分の利益や欲求の赴くままに振る舞えば、往々にして「正しいこと」から逸脱することになる。何の縛りもなければ、自分にとって不都合な奴はサッサと消えてもらい、具合の悪いことには適当にウソをつき、気に入ったオンナやオトコがいれば不倫や略奪婚も辞さないなど、十戒の諫めや世の倫理観など知ったことかとばかり、見境もない行動に走ることになるだろう。そうなると世の中は阿鼻叫喚、弱肉強食の世界となること必至だ。

それでは困るということで、人間が秩序をもって共存するために導入されたのが法律、規則、常識など「正しさ」の根拠となるものだ。つまり、人間がいかにもやりそうだが社会にとってはなはだ不都合ということを、禁止したりコントロールしたりするのが宗教の教えや法律、規則、あるいは社会常識だと言えるだろう。その証拠に、十戒にも法律にも、「空を飛ぶべからず」とか、「決して3本足で歩いてはならない」なんていう定めはない。放っておいても誰もそんなことはやりそうにないから、あえて掟を導入するまでもないからだ（もっとも、「犬を鎮めるためなら、警官は犬に噛みついてもよい〈オハイオ州〉」とか「目玉を売るのは違法である〈テキサス州〉」とかいった、人があまりやりそうにないことを対象にした法律もあるにはあるようだが……）。

一方、聖徳太子がわざわざ「和を以て貴しとなす」と声高に言う必要があったのは、そうでも言わないと、人々が本性丸出しで自分の利益や都合を主張し対立が生じ、収拾がつかなくなるのを恐れたからに違いない。儒教の様々な教えも、この観点から解釈すると導入の理由がよく分かる。つまり、多くの法律、倫理、規範、常識などは、社会の秩序を維持するために、「やりそうだけど、やっちゃいけないよ」と予めクギを刺しておくためのものと言えよう。

正しく生きることは、高い自己評価を得るうえで望ましいことであると同時に、ストレスが溜まり疲れることでもある。多くの人間にとっては、痛し痒し。そういう意味で、法律や常識などは洋服や靴みたいなものかもしれない。裸足や裸でいれば何の束縛もなく一番ラクと言えばラクだが、外部から自分を規制するものが何もないというのも、はなはだ心もとないものだ。人間の本性に反する倫理観やら法律、規則の類いを一切合切放棄した生活はラクかもしれないが、高い自己評価が得られないばかりか、拠り所のない不安感を生むことになりかねない。たとえ人間の本性に反しても、何等かの正しさの基準に則って生きることが「快」と感じられ、それが自己評価を高めるうえで重要になるのは、人間がそれだけ社会化された生き物だからなのだろう。

自己愛の風景

中心は、あくまで「私」

その16

同心円

長年海外に住んでいる人が日本に帰って嫌われることの一つは、やれ日本の外交政策はお粗末だ、日本の家は狭い、日本のオトコは家庭で役に立たないなど、まるで自分が日本人でないかのように上から目線で日本の悪口を言うことだろう。それを聞く人は、「一体、何様？　そういうアンタだって、日本人でしょ」と腹の中で毒づいているに違いない。ところが、そんな嫌われ者でも、海外で日本人以外の人が同じように日本を批判しようものなら、頼まれてもいないのに、まるで自分が日本国を代表しているかのような気になって、拙い外国語をやり繰りしながら懸命に祖国を弁護している自分に気づくことがある。

日本は、オリンピックの時以外は日の丸を掲げたり国歌を歌ったりすることが忌み嫌われる不思議な国なので、ずっと日本に住んでいると国家意識が希薄になる。しかし多くの人は、海外に行くと「にわか愛国主義者」に変身するものだ。日本にいた時は日本の伝統文化など特に関心がなかった人が海外留学したり海外赴任の夫に同伴したりするや、突如日本人であることに目覚め、近所の人に海苔巻きの作り方を披露したり、ボランティアで子供が通う小学校に行き熱心に折り紙を教えたりする。そこまでの変身を遂げないまでも、ニューヨークの国連本部の前に行った時、我知らず、たなびく万国旗の中に日の丸を探さなかった日本人はいるだろうか。

海外に住んだ経験がなくても、日頃は子供に成績が悪いとか、夫に出世が遅いなどと文句や嫌味を言いまくっていながら、他人にそれを暗に示唆するようなことを言われると腹が立つといった経験なら身に覚えがあるという人もいるだろう。子供の成績が悪い、夫の出世が遅いという事実に変わりはなくても、自分が言うならＯＫ、他人が言えば、たとえ直接的表現でなくても許せない。「アンタに言われたくないね！」ということになる。

ネガティブなことだけではない。自分の美貌や自分が稼いでいるお金の多寡を鼻にかけるならまだしも、自分の夫は一流会社に勤めているとか子供は東大卒だ、さらに対象枠を広め、かの有名人は、実は遠縁の親戚筋に当たるというようなことまで自慢する人もいる。これは枕草子の「かたはらいたきもの」のリストに是非とも追加してもらいたいようなアイテムだが、有名人との繋がりがあるということが誇らしくてならないようだ。

こうした、一見何の関連もなさそうな様々な現象は、「自己愛の同心円」という共通フレームを当てはめてみると、どれもスッキリと説明がつく。燃やせば骨と自己愛しか残らないのが人間。これまで連呼しているように、人は何とかして自分の価値を高め、強調し、維持しようとするものだが、その対象は必ずしも自分個人に留まらない。コアとなるのはあくまで自分自身だが、状況によっては自分の家族、会社、学校、出身地、出身国なども自己と一体化され拡大された「自分」として、価値の増強や強調、維持の対象となり得る。自分、出身地、出身国、外国、あるいは自分、家族、友達、その他の人々、または自分、所属学部、所属学校、その他の学校、という具合に、自分を核とする同心円のようなものだとイメージすると分かりやすいだろう。

どこまでが自分の価値増強、強調、維持の対象に含まれるかは、その時々の状況によって異なる。自分が日本にいる時は日本という国は自分の価値にとっての重要性は低く、海外帰りなら、まるで部外者のように偉そうに批判したりもするが、ひとたび海外に出ると自分と日本は同じ円に入り、その円の価値を高めることが即、自らの価値を高めることになる。外国人に日本の悪口を言われるのは我が身をけなされることに等しい。同様に、家庭内では自分と子供、夫／妻は同じ円に含まれていないので平気で相手を批判したり悪口を言ったりするが、ひとたび家庭の外に出ると子供も夫／妻も同じ「自分」の円の中に含まれることになり、子供や配偶者が貶められることは、すなわち自分の価値が損なわれることになる。ダメ息子が近くのコンビニで万引きしたら最初は本人が家族に隠し、それが発覚したら、次は家族が「我が家の恥」「我が家のヒミツ」として外の人に隠すという具合だ。

もちろん、逆も真なり。家の外で我が夫／妻、子供が褒められれば、謙遜せねばと思いながらも、ついつい得意顔になるのを抑えられない。そして、日本では卒業式の国歌斉唱反対なんて言っておきながら、海外で開催されるオリンピックに行き荘厳な『君が代』の演奏とともに日の丸がゆるゆると掲揚されるや、感涙迸ることになる。問題は、特定の環境の中でどこで線引きをし、どこまでの範囲を「自分」と同化して認識するかということだ。そして、一定条件の下で自分と同化される範囲まで自己愛が拡大、転化、投影されることになる。

因みに、アメリカ人は一般に日本人と較べて自分と家族の円を切り離すのが上手だと感じることがある。日本では子供が重大な犯罪を犯すと、親兄弟ばかりか親戚までが「身内」として世間様に顔向けができないということで、引っ越したり勤め先を辞めたり、時には、もはや生きてゆけないと親が自殺するような例すら見られる。その点アメリカ人は結構割り切りがよく、犯人の親族が堂々とテレビのインタビューに出て、他人事のように客観的視点からハキハキと質問に答える光景も稀ではない。身近でも、弟のことなど質問してもいないのに、自分の弟はティーンエイジャーの時に殺人を犯して刑務所にいると平気で話す友人がいて、どう対応してよいか戸惑った経験がある。自己愛の同心円は人間一般に見られる現象だが、具体的な現れ方や線引きの仕方には、文化的要素も少なからず影響を及ぼすようだ。

「自己愛の同心円」のメカニズムは個人だけでなく、天下国家のレベルにも当てはめられる。19世紀の社会学者ゲオルグ・ジンメルは、外敵の存在は内部の結束を強めると指摘している。国内での対立を解決するには、国外に敵を作るのが効果的というわけだ。それまで内輪もめでいがみ合っていた人々も、国外に敵が現れるや同じ円に入り、それまでの問題は取り敢えず脇に置いて、一致団結して自らを守るべく外敵と戦うことになる。為政者にとり、それは国内の問題に対応するうえで最も手っ取り早く、かつ効果的なツールだ。国内でイデオロギーの対立や経済不況などが顕著になった時、急ぎ海外に敵を作り出し国民の結束を固めて関心をそちらに逸らしたという事例は、これまでにも数多く見られる。もっとも、これを常套手段として連発する為政者は、例外なく「問題あり」のリーダーのようだが。

ここで頭に浮かぶのは、海外で慰安婦像を次々と建てては日本に対する憎しみを駆り立てている韓国。ここ米国ニュージャージー州の小さな町でも、韓国人の人口が急増したのを背景にナイーブな高校生の力をフルに活用して、歴史的背景や事実関係を充分理解しているとは思えない地元関係者を強引に説き伏せ、遂に公園の片隅に慰安婦像が建立された。もしかして、韓国ではお国の中に、外敵を作ることで国民の目を逸らさねばならないような問題がおありなのだろうか。それとも、単に長年の恨みつらみが主要な活力の源泉となるような文化なのだろうか。いずれにせよ、これは本来、自己愛の同心円で自分の円には含まれない部外者を、無理やりそこに押し込むような行為に思える。同心円で韓国人と同じ円に入り、韓国人と同じ気持ちになって一緒に日本を恨んでほしいと要求されたアメリカ人も困惑するのではないだろうか。長期の海外在住で、我知らず愛国心が高まっている者としては大いに気になるところだ。

その17 毒親

古くは70年代にテレビ放映されたアニメ『母をたずねて三千里』や、往年の演歌歌手、二葉百合子が絶唱する『岸壁の母』、近年では、生き別れになった息子を50年間捜し続けたアイルランドの母親のストーリーを描いた映画『Philomena（邦題：あなたを抱きしめる日まで）』などに象徴される、母を慕う子や、我が子を思う母の姿は、古今東西の文学や映画などの普遍的なテーマだ。ところが近年、なぜか突如として、これまで脈々と受け継がれてきた慈愛深き母のイメージを覆す「毒親」と呼ばれる新種の母親が脚光を浴びるようになっている。子供に害を及ぼすとんでもない母親のために酷い目に遭ったという人が、セクハラの「#me too」のように我も我もと声を上げ、一時は書店に「毒親」と銘打ったコーナーさえ登場するようになった。これらの書籍の多くは実話または実体験を下敷きにしたフィクションで、根強い母性神話のせいで、これまで言いたくても言えなかった母親に対する積年の恨みつらみが、ここへきて一挙に噴出したかのようだ。

「毒親」という用語は、アメリカのTVパーソナリティであるスーザン・フォワードが使った「トクシック・ペアレンツ」に由来するとされる。毒親と言っても、そのほとんどが母親で、そこにはいくつかの異なるタイプがあるようだ。精神科医の斎藤学は、毒親には⑴子供の何もかもを自分がコントロールしないと気が済まない「過干渉、統制型」、⑵本来親がすべき日常的な世話まで放棄しかねない「無視親」、⑶子供に精神的、肉体的虐待を加える「ケダモノのような親」、そして⑷「精神障害をもつ親」の4タイプがあるとしている。言うまでもなく、程度の差こそあれ最も広範に見られるのが⑴の過干渉タイプだ。子供本人の意思や適性を無視して「ああしなさい、こうしなさい」と一挙手一投足に指示を与え、何が何でも自分の思い通りにしようとする親だ。

毒親の圧倒的多数を占める、この過干渉型がもつ「毒性」の根源は、子育ての過程で、自分の気持ちやニーズを優先させる自己愛偏重にあるとされる。本来子供に向かうべき対象愛ではなく自身に向かう自己愛が主体となり、子供のためと言いながら、その実、子供本人の希望、能力、適性などと関係なく自分の選択を押し付け、自分の安心感や満足感、虚栄心を満たそうとするメンタリティだ。楽が一番の赤ん坊に自分の好みで着心地悪そうなヒラヒラ飾り満載の服を着せたり、自分の英語コンプレックスを解消するために日本語もロクに話せない幼児を英語教室に通わせたり、はたまた大学に行かずシェフになると言い出した子供に、「ダメダメ。今日日、一応大学だけは出ておかないと」と言ったりする。多くの場合、本人はそれが自分の安心や見栄、満足感から発したものとは気づかず、心底、子供のためだと信じて一生懸命親業をやっている気になっているから、はなはだ始末に悪く改善が難しい。

しかしここまで読んで、それって、もしかして私のこと？　あるいは私の親そっくり！と思い当たる人も多いのではないか。こういう親を毒親というなら、世の中のほとんどの母親は「毒親」のレッテルを貼られてしまいそうだ。それもそのはず。燃やせば骨と自己愛しか残らない人間、そもそも自己愛の延長として以外の子育てなんてあるはずがないのだ。子供は、生まれ出るまでは文字通り母親と一体であったわけだし、その後も、通常、母親にとって「自己愛の同心円」（「その16」参照）の最も中心部に近い存在なのだから、自己愛から独立した子育てなどあり得ない。子供が成功すれば我が事のように誇らしく、子供が悪く言われれば自分が貶められた気になるものだ。自分の肉体の一部だった子供が一旦体外へ出たからといって、切り落とした髪の毛や爪のように思えないのは致し方ない。

しかしよく考えると、子育ては、子供とのある種の一体感が持続され、子供が自分の延長線上にある存在だからこそできるとも言えるのではないだろうか。世の中を見渡せば、もっと手間やお金の注ぎ甲斐がありそうな、出来が良くて性格も良く可愛い子供がいくらでもいる。それにもかかわらず、客観的には大して見どころもない我が子を慈しみ、長年にわたり手間暇、お金をかけて育てるのは、ひとえに子供が自分の延長で、自己の願望やニーズが反映されるものだからに他ならない。親は「我が身忘れて」ではなく、「我が事のように」子育てをするものだと言った方が正しいだろう。だから毒をばら撒きたくないなら、「子供のため」というフレーズは自分の辞書から抹殺し、「子育ては自己愛との闘いである」と朝な夕な念仏のように唱え続けてゆかねばならない。そうしないと自分の満足や願望を最優先させ、気づかぬうちに子供は自分のクローン、または人生やり直し用のツールとなりかねない。毒性の低い親業とは、根底にある払拭しがたい自己愛を明確に意識し、それを上手くコントロールすることに尽きる。

ここでもう一つ大事なのは、母親にとって子供は自分の一部に近いものであっても、通常、逆は真なりではないという点だ。母親は自己愛の延長線上で、自分にとって望ましいことや都合のよいことは、すなわち子供にとってもよいことだと勘違いしやすいが、重度のマザコンでもない限り、母親は子供の「自己愛の同心円」中心部近くにはいない。マトモな子供なら、一定の年齢に達したら逆に親との一体感を切り捨て、自分と親を切り離そうとするものだ。だから、親が自分のために（少なくとも表面上は）尽くす姿に感謝しつつも次第に鬱陶しくなり、罪悪感を感じながらもそれを拒絶したり親に反逆したりして、遂には「毒親だぁ～!!」と叫ぶことにもなりかねない。

自己愛の同心円における子供の位置づけは人によって異なるし、子供の年齢によっても変わってくる。そのため自己愛との闘いに臨むうえでの戦法も色々あると思われるが、「毒親」の誹りを受けないよう親業を全うするうえで有効かつ汎用性が高いと思われるのは、平凡ながら「価値ある私」の確認方法をできるだけ多く持つことだろう。一般に、財力、才能、社会的地位、職業、学歴、美貌、家柄など自分の価値を確認できる要素を多く持っている人ほど、ひとつのことに対する執着心が緩和される傾向が見られる。それと同じで、自分の価値を確認するツールのポートフォリオがある親は、リスク分散が可能だ。子供を通して自己愛的ニーズを満たす必要性が減るので、毒性も薄まる。

逆に子供を通してしか自分の価値を確認できないとなれば、毒性は一挙に高まる。近年、韓国人が激増したここニュージャージー州のご近所には、子供をアメリカの一流大学に入れるため、駐在員だった夫の任期が終わって夫が帰国しても子供と一緒にアメリカに留まり、全財力、全時間、全人生かけて子供の教育に入れ込んでいる筋金入りの韓国人教育ママたちが少なからずいる。日本の教育ママなど足元にも及ばない、一点集中型プロジェクトだ。「子供の将来のため」と異国で一人、眦を決して奮闘しているが、遠からず子供に「毒親」のレッテルを貼られることになるのではないかと思うと胸が痛む。

自己愛の呪縛から逃れられない毒性が強い親が多い中、毒性ゼロに近いと思われる上等な母親もいないわけではない。娘の結婚相手探しとなると、ついつい自分の結婚に関する後悔や潜在的願望丸出しで、「よい家庭の出身、高学歴で安定した仕事、高収入、やさしくて背が高く、願わくばハンサムで、年は上の方がいいけど年齢差は5歳までがいいわね」など、身の程も顧みず勝手な条件を並べがちだが、ある賢い母親は、娘に次のようにアドバイスしたという。「結婚相手は靴のようなもの。靴は単に自分の好みに合うものや、店で見て気に入ったものを買ってはいけません。必ず、履いて長い間歩いても靴ずれができたり足が痛くなったりしないような靴を買いなさい」

確かに長い間歩いて快適な靴は、たいていデザイン的にはベストと言い難いものが多いが、華奢なピンヒールで山あり谷ありの人生を歩き通すことは難しい。この親が偉いのは、それが具体的にどんな靴であるかの判断は子供に任せるというスタンスでアドバイスした点だろう。来世でもう一度娘をもち親業ができる機会があったら、このアドバイスを拝借し、ついでに、「どの靴も足の形に合いそうになければ、靴なんか履かずに逞しく裸足で歩けばいい」と追加することにしよう。

その18

他者の靴

最近、日本では『人は話し方が9割』（永松茂久著）という本が売れていると聞いたが、人々は昔から、むしろ話し方のスキルを磨くことの方に大きな関心を寄せてきたようだ。1953年に発足した江川ひろしの「日本話し方センター」は、当時、斬新な試みとして脚光を浴び、以来、半世紀以上にわたり三十数万人がセミナーを受講したという。著書やカセットなど他の媒体を通して学習した人の数も含めると、国会議員やビジネスマンから学生や主婦に至るまで、彼の手法で話し方を学んだ人は厖大な数に上るだろう。この他にも学校や各種団体が主催するスピーチコンテストや弁論大会の類いも無数にある。

一方、スキルとしての「聞き方」が注目されるようになったのは比較的新しいことのようで、それほど由緒正しい伝統は見当たらない。しかし近年は、総理大臣まで自分の長所は「聞く力」だとアピールするなど、「聞く力」が大いに話題になっている。企業のリーダー教育でも、こうしろ、ああしろという指導や指示ばかりでなく、よい「聞き手」になることの重要性が強調される傾向が見られる。実際、部下の言葉に耳を傾ければ、たとえ状況が改善されなくても、上司が自分の苦情や懸念に親身になって耳を傾けてくれただけで満足という場合もある。

阿川佐和子の『聞く力』がベストセラーになったのも記憶に新しい。もっとも、ここで言う「聞く力」とは、口が重い人や、なかなか本音を言わない人、考えを上手く表現できない人から積極的に話を引き出す力であり、「聞く」スキルの中でもかなり高度なものに属す。もちろん日常生活でも活用できるが、むしろカウンセラーや採用面接官、場合によっては警察の取り調べで容疑者の口を割らせる時などに役立ちそうなスキルだ。

いずれにせよ、人々が聞くスキルの重要性に気づいたことは、実に画期的なことだと言えよう。話し方が悪いと言いたいことが上手く伝わらず不都合なことも多いが、基本、聴力さえあれば聞くことはできるし、聞いた人がどの程度理解したかは測定しにくいので、話す人も相手の人も、聞く力の欠如は気づきにくいものだからだ。そのため、聞くことに関する特別な訓練やスキルの必要性は認識されにくいばかりでなく、聞くことは、ある意味で話すことよりはるかに難しい。それは、お馴染み「燃やせば骨と自己愛しか残らない」人間の本性から生まれる違いだ。何と言っても、話す場合は自分が主人公で、聞く場合は相手が主人公。人は本来「他者中心」が苦手なため、他者中心の「聞く」という行為を、知らず知らずのうちに自分中心にリセットしてしまう。邦訳『7つの習慣』で知られるスティーブン・コヴィーは、多くの人は他者の話を聞く時、相手が言うことを理解しようと努めるのではなく、聞いた情報をいち早く自分の経験に関連づけ、それに基づいて同意したり反対したり、自分の視点から質問したり意見を言ったりしがちだと指摘している。

一方、阿川佐和子は『聞く力』で、人は根本的に自分の話を聞いてもらいたい生き物だと述べている。誰の中にも、自分の気持ちや考えを分かってほしい、自分の正しさを理解してほしい、自分の価値を認識してほしい、あるいは単に自分の言葉に耳を傾け自分に注意を向けてほしいという、自己愛に根差す強い潜在願望がある。だから、人は一生懸命話をする。ところが、道順を訊ねてその答えを聞く場合のように具体的な目的でもない限り、人間には他者の言葉に耳を傾け、是非とも相手の状況や気持ちを知りたい、相手が主張する正しさのポイントを理解したい、いわんや相手の価値を認めたいなどという潜在的ニーズや願望など持ち合わせていない。

ただ音が聞こえるというレベルではなく本当に相手の話を理解しようとするなら、まず自分の考えや気持ちを伝えたいという潜在欲求を封じ込め、かつ、物事を相手の立場、相手の視点から見るという訓練が必要になる。英語の表現で言うところの「他者の靴に自分の足を入れる」行為だ。これは自己愛に根差す人間の本性に逆らう不自然な行為なので、そうそう簡単にできることではない（しかも不潔なので、実際にはやりたくない）。何年か前に『話を聞かない男、地図が読めない女』（アラン・ピーズ／バーバラ・ピーズ著）というベストセラーがあったが、人の話を聞くのが不得意という点では、基本的に男も女も違いはないだろう。現象として男の方が話を聞かないことが多いように思われるのは、単に、男は歴史的、文化的に、自分本位で相手を無視するような態度が容認されやすかったからに過ぎない。

「話すは易し、聞くは難し」が遺憾なく露呈されるのは、高齢者の身体不調発表会だ。退職したり子供が独立したりすると人と会っても話題はめっきり減り、孫自慢の種が尽きれば残る共通の話題は健康上の問題のみ。一定年齢以上になると、寄るとさわると、誰もが争うように、やれコレステロール値が高い、やれ膝が痛いといった話を披露し始める。日頃ガマンしているだけに、聞き手が現れると言わずにいられないのだろう。症状が重いほどニュース価値が高いと思うのか、人より具合が悪いことをまるで自慢のように得々と話す人。暇にまかせてネットで周到な調査をし、体の不具合の詳細報告に加えて医者顔負けの専門知識を披露する人。周囲に思い当たりません？「で、最近、糖尿の方はどうなの？」などと誘い水を出そうものなら、もう後は止まるところなくコンコンと湧き出て来る。しかし、聞き手にだって聞いてもらいたい問題は多々ある。それにもかかわらず、生死に関わる深刻な問題でもない限り、相手の辛気臭い健康上の訴えに長々と耳を傾け、その辛さや不安に思いを致し親身になって対応するのは容易なことではない。時に、修行僧並みの忍耐力を要することすらある。

自分の視点や言いたいことを封じ込め他人の靴に足を入れるなんて真っ平ゴメンという人は、「聞く人」から、「話す人」に乗り移る機会を虎視眈々と狙うことになる。「この前、ABCレストランに行った」と言うと、「何食べたの？」とか「誰と行ったの？」と聞くのではなく、「あ、私も行ったことある。パエリア食べたけど、パエリアならXYZレストランの方が美味しいわよ。このレストランは……」と、話を掻っ攫って自分の話に転換してしまうタイプ。相手の話が自分の意に沿わない内容なら、論点を理解しようと耳を傾けるのではなく、相手が喋っている時間を活用して頭を巡らせ、話の問題点を突いて間髪を入れず逆襲に出るタイプ。何か批判でもされようものなら、しっかり聞いて何が悪かったのか理解しようとする前に、取り急ぎ言い訳を並べ立てるというのは、老若男女を問わず広く見られる反応だろう。

しかし、喋る一方の人が自己愛丸出しの未熟者で、何も言わず相手の言うことを聞いているのが上等な人間かというと、話はそれほど単純ではない。会話の中で話が途切れると気まずいので、それをカバーするのが自分の役割と自任している人も結構いる。そういう人は会話が弾まない場合、ただ静寂を埋めるだけのために喋りたくなくてもひたすら喋り続ける。沈黙が耐えられず、かつサービス精神旺盛なタイプだ。

一方、「聞き上手」のように見えて、その実、他人の話などな〜んも聞いていない人もいる。単に聞くふりが上手なだけ。フム、フムと相槌を打ちながら、実は「ウチの冷蔵庫に何が残ってたっけ？」など、全く別のことを考えていたりする。会議や大勢の話し合いの場でも、皆が知恵を出し合い協力して大切なことを決めなければならないのに、中に必ず一人か二人、何も発言せずにタダ乗りを決め込んでいる人がいるものだ。そういう人は黙っているからといって必ずしも気を入れて他人の話を聞いているわけではなく、頭が

「休め」の姿勢になっていることが多い。自分に都合のよいことだけを聞き、後はスルーしてしまう「選択的リスニング」を得意とする人も少なくない。いずれも自分中心のスタンスを維持し、履き慣れた自分の靴以外には一切足を入れる気がない人々だ。

新型コロナウイルス感染症蔓延のため、長期自宅待機で一日中家族と顔を突き合わせて過ごすことを余儀なくされた期間、多くの人が質の高いコミュニケーションスキルの必要性を痛感したに違いない。話をする時、あまり気持ちよくないかもしれないが、お互い、ちょっと靴を取り替えっこしてみたら会話のレベルがグンとアップするだろう。靴ごときに期待し過ぎだと思うかもしれないが、シンデレラだって靴ひとつで人生の大転換を果たしたではないか。

その19

「見て！　見て！」

「愛情の反対は憎しみではなく無関心」というのはマザー・テレサの言葉とされているが、実はこの格言の元祖は、同じくノーベル平和賞を受賞したユダヤ人作家エリ・ヴィーゼルらしい。彼は１９８６年の*U. S. News & World Report*誌でのインタビューで、「愛の反対は憎しみではなく、無関心です。美の反対は醜さではなく、無関心です。信仰の反対は異端ではなく、無関心です。そして、生の反対は死ではなく、生死に無頓着なことです」と語っている。それ以前にも、似たような内容を述べた人は何人もいるようだ。要は、多くの賢い人々が人間社会の中で無関心がいかに恐るべきものであるかに気づき、それを繰り返し指摘してきたということだろう。愛、美、信仰など、人間が価値あるとする諸々のものの対極にあるのが無関心。周囲が自分に無関心であれば、自分自身の存在や価値は徹底的に無視されるため、燃やせば骨と自己愛しか残らない人間が他者の無関心を強く恐れ忌み嫌うのも当然だ。

この問題は、先に紹介した米国の心理学者アブラハム・マズローの欲求5段階の中で、「生理的欲求」、「安全の欲求」、「社会的欲求」の次に来る第4段階目の「承認欲求」、つまり他者に自分の価値を認めてもらいたい欲求、ひいては、それによって自分で自分の価値を確認したい欲求に深く関係するものだ。自分がどんなに素晴らしい作品を作っても、どんなに優れた仕事をしても、あるいはどんなに美人であっても、誰も何の関心も示さず、誰にも認知されなければどうだろう。「私は自己満足で結構」と、あくまで強気に開き直る孤高の人もいるかもしれないが、多くの人は、やはり虚しく満たされず、自分が持つ価値が自信や自尊心に結び付くこともないだろう。幼少の頃からひたすら美人モテモテ女の人生を送って来た友達が還暦を前にして、年を取って一番恐ろしいのは容姿が衰えることではなく、男から見向きもされなくなることだと、しみじみ語っていたのを思い出す。因みにこの友達は、70代での婚活は厳しそうだから、3度目の結婚でゲットした今の夫は大切にキープするそうだ。

他者の無関心が最もこたえるのは、何と言ってもトランプ前大統領に代表される、いわゆる自己顕示欲が強い人だろう。とにかく常に周囲の注目を集め「アナタはすごい！」「アナタは偉い！」「アナタは素敵！」と言われ続けないと満足できないばかりか、それがないと不安になり不幸になるタイプだ。注目の対象は、自慢できる能力、権力、資力、地位、身体的特徴などばかりでなく、ちょっと人目を惹く持ち物とか珍しい体験といった些末なことであっても構わない。とにかく他者が自分に注目し、自分に属する何かに対して「わぁ〜スゴイね！」と言ってもらうことが重要なのだ。だから、人々が深い考えもなくポンとクリックするソーシャルメディアの「いいね！」の数が自分の価値のバロメーターのような気になり、いわゆる「インスタ映え」する写真や動画をせっせと送り続けることに一日のエネルギーと時間の大半を費やす人も少なからずいるようだ。

しかし自分の価値に対する他者の関心や注目、承認を求めるのは、何もトランプ級XXLサイズの自己顕示欲をもつ者ばかりではない。どんな控え目な人にも、自分の価値に気づいてもらいたいという潜在欲求はあるものだ。そうした注目欲求や承認欲求を利用し、最近は企業でも機会あるごとにささやかな業績や善行に光を当て、頻繁な表彰や全社Eメールで周知させることを意欲向上戦略として導入しているケースが見られる。普通の人なら、せっかく頑張って役立つことをしても周囲が無関心で何ら評価してもらえなければ、張り合いがないからもうやる気はしなくなるだろう。そこで、制度として頻繁な認知、賞賛の機会を設けることで、企業にとって望ましい地味な努力を奨励、持続させようというわけだ。

日常生活も同じ。ほんの些細なこと、たとえば車の運転をしていて別の車に道を譲った時、片手を上げ「アリガト」の挨拶をすることもなく、当然のように通り過ぎて行っただけでもチラリとムッとするものだ。持ち寄りパーティで、手間暇かけて作った手料理について誰も何のコメントもしてくれなかったら、やっぱり密かにガッカリする。そういうシーンでは、盛大に褒めないまでも「これ、美味しいわね！　どうやって作るの？」と聞くのが礼儀というもの。誰かが新しい髪形に変えたり流行の洋服を着ていたりすれば、気づいたことを本人に知らせることが重要だ。たとえあまり似合っていないと思ったとしても、「雰囲気変わって新鮮！」くらいのコメントを奮発しても罰は当たるまい。

実際、化粧やオシャレは多分に習慣化している面があるものの、本質的には自分の美しさを強調して（または醜さをカバーして）他者の関心や注目を惹きたいという潜在的願望に基づくものだろう。その証拠に、誰とも顔を合わさず一日中一人で家にいる休日は、スッピンでジャージ姿、化粧やオシャレはしないのが普通だ。オスとメスの立場は逆だが、オスの孔雀がメスの関心を惹くために派手な羽を開くのと同じこと。よく考えると、化粧の一環として唇や爪を真っ赤に塗るのは随分とケッタイな習慣だが、他者の無関心に対抗するための手段と思えば納得がゆく。それにしても、この数年とみに進化、発展（?）目覚ましいまつ毛強調トレンドは過激だ。つけまつ毛をしたりマスカラに細工したりして、まつ毛がどんどん長く太くクッキリとヒジキ化し、最早、まつ毛というよりは庇とかミニ扇とか呼びたくなるような代物も少なくない。美しさを強調するという観点は完璧に欠落し、ひたすら、化粧の原点である「見て！　見て！」という注目願望だけが肥大化した結果だろう。

まつ毛強調現象に見られるように、人間には自分の価値を認めてもらいたいという欲求もさることながら、それ以前に、自分の存在そのものに注意を払って欲しいという認知願望がある点も見逃せない。多くの場合、程度の差こそあれ、自分の存在が無視されることは負の体験であり、容認しがたいものだ。だから、周囲の者が無関心で自分の存在を充分に認知してくれない場合は、手段を選ばず、たとえマイナスのことによってでも、とにかく自分に注目を集めるための行動に出かねない。子供の非行の理由は、往々にして無関心な親の注意を自分に向けたいからだと言われる。誰の関心も得られない社会で孤立した人が、単に世間を騒がせたい、注目されたいという理由で、度肝を抜くような犯罪に走ることさえある。より日常的に見られる高齢者の医者好きも、単に若干の不調があるとか他に行く場所がないとかの理由だけでなく、医者なら、たとえ短時間であれ、自分に１００％注意を向け自分の話に耳を傾けてくれるからに違いない。

自分の存在を認識してほしいという人間の認知願望を最もよく理解し有効に活用しているのは、もしかしたらイジメの常套手段であるシカトに加担する子供たちかもしれない。シカトは積極的に攻撃するわけではないので、先生や親も制止したり罰したりすることは難しいが、その効果は高く、人をじっくりと蝕むことを彼らは知っている。戦略としては、ローリスク、ハイリターンの優れた手法だ。もちろんシカトの本質は無関心ではない。と言うより全く逆で、強烈に相手を意識しながら、意識的にまるでその人が存在しないかのように無関心を装うことだが、それは時に暴力や残酷な言葉に勝るとも劣らぬ威力を発揮する。認知願望や承認欲求の強さは人により必ずしも同じではないが、自分の存在や自分の価値は、他者に認知、承認されてナンボという側面があることは否めない。「価値ある私」も、他人様のご支援、ご協力あってこそというわけだ。そういう意味でも、多くの先達が指摘したように、無関心は人間にとっての大敵と言えよう。

自己愛の風景

断固死守

その20　美しかるべき加齢

優に直径10センチはありそうな鼈甲のトンボメガネ、大振りの腕輪7連に揃いのネックレス。そして火の鳥の羽毛を借りてきたような炎色のコートをまとった93歳の白髪の女性が、孫のような年代の男性に背後から抱き付いている。これは、元大統領夫人ミッシェル・オバマもご愛用というアメリカの高級アクセサリー・ブランド「アレクシス・ビッター」の広告キャンペーンだ。白髪の女性はインテリア・デザイナーのアイリス・アプフェル、孫のような男性はアレクシス・ビッターご本人。これまでも10代、20代のピチピチギャルだけでなく、ジョーン・コリンズ、ローレン・ハットンなど70代、80代のモデルを積極的に広告に起用してきた。彼は、成熟した女性を讃えるのは、単に彼の商品のファンに高齢者が少なくないという商売上の理由だけでなく、それが「我が使命」でもあると明言する。彼は、そこに成熟したものの美しさと強さを見るからだ。

ファッション業界の世界トップブランドが思い切り高齢のモデルを使うという手法は、

もはや奇をてらった特殊なアプローチではなくなりつつある。実際、数年前のファッション業界では、雑誌などで見る限り、超高齢モデルの起用が密かなブームとなっていた感すらある。イタリアの人気高級ブランド「ドルチェ&ガッバーナ」の一連の広告には、ビーズをふんだんに使ったバッグを手にティアラを頭に付けた何やら楽しげな老女たちが登場。若者にも人気のスウェーデンの「グドルン・ショーデン」も負けてはいない。雑誌広告に使われているロングの白髪をなびかせたモデルは、明らかにこのブランドが強調するナチュラルな美しさを表現する手段となっている。そして極めつきは、当時81歳の作家ジョーン・ディディオンをモデルにしたフランスの老舗高級ブランド「セリーヌ」の広告。優に顔の3分の1を覆う真っ黒なサングラスをかけても深いシワは露わで、薄くなった白髪とえぐられたような喉は、年齢を隠すどころかそれを主張しているかに見え、そこにはブランドの優雅さを超越した一種哲学的な雰囲気さえ漂う。

一般に広告、特にファッション関連の広告は消費者の憧れや潜在願望を刺激するものだから、モデルは美しいに限る。そのため、実際にはこれら高級ブランドのターゲットには富裕層の高齢者も含まれるのだろうが、広告には、誰もが文句なく美しいと思える若い女性が登場するのがこれまでの常識だった。老眼鏡や高齢者用の紙パンツ、退職者向けの旅行など高齢者を特定ターゲットとする商品広告では、やむなく対象年齢に近いモデルを起用するものの、それすら、何をやったのか実年齢より確実に15歳くらいは若く見える、ほとんど年齢不詳のような人をモデルに使っていることが少なくない。ところが、これら超高齢者を起用した近年の一連の広告には、年齢を強調こそすれ隠そうという意図は全く見られない。そこにあるのは、加齢やそれに伴う老いは、忌み嫌うものではなく「称賛(celebrate)」すべきものだというメッセージだ。

その背後には、「加齢＝醜」という方程式を覆そうという密かな意図が見られないだろうか。誰の意図かと言えば、この方程式がまかり通ったら不都合な人々、自分の価値が損なわれるという危機感をもつ人々、すなわち高齢者たちに決まっている。燃やせば骨と自己愛しか残らない人間が、加齢により自分の価値がムザムザと失われてゆくのを黙って見ているわけがない。様々な手を尽くしても加齢による劣化は如何ともしがたいとなれば、後は新たな価値を創出し美しさの定義を変えるしかない。「若さ＝美」は絶対的なものではない。新品ばかりではなく、アンティークもよ〜く見れば、独特の味わいがあって美しいもの。せめて「加齢≒美」だと世間の人々を説得できればしめたものだ。

そんなこと言っても、美しいものは美しく、醜いものは醜い。こんな広告を出して定義を変えようたってムリ、ムリ、と一蹴する人々もいるだろう。しかし、美の基準なんて不変でも絶対でもないことは、ちょっと歴史を振り返れば明らかだ。最近でこそ、蜘蛛型体型の細くて手足が長いモデルが美しいとされるが、印象派の絵画に描かれたふくよかな女性は、今の基準から見れば立派なメタボ体型だ。ナイフで切れ目を入れたような細い目をした浮世絵美人は、当世全く流行らない。バッハやビートルズの曲だって、初めて登場した頃は「何？　それ」という反応が大半で、そこに美や感動を見出せる者は少なかった。

確かに流行は消費を刺激するために作り出されるもので、そのための美の基準も時代の流れとともに変わるにしても、何かを美しいと思うのは自然な感覚。それを主義主張で変えることはできないと思うかもしれないが、人の感覚はそんなに絶対的なものでもなさそうだ。こう感じるのが正しい、こう感じるべきだというメッセージが繰り返し送られ、その通念がある程度定着すると、感覚や感性すら変わってゆく。

前述したセリーヌの広告も、この洗練されたアンティークの美しさが分からないようじゃ、あなたの鑑識眼も大したことないですよという挑戦的メッセージに他ならない。これを見てＮＧを出すのは、セリーヌには相応しくない旧弊なダサいおばさん。そういうことなら、洗練された女を自負する者としては、何としてもそこに美を見出さねばならない。同じく洗練されていることを誇りにする友人たちとショッピングを楽しんだ後、小洒落たレストランでランチをしながらジョーン・ディディオンの美しさを讃え合ったりすることになる。60年代の人種差別廃止の動きの中、「ブラック・イズ・ビューティフル」宣言と共に黒人モデルが続々雑誌に登場、遂には黒人のミス・ユニバースが誕生したり、70年代の石油危機を背景に「スモール・イズ・ビューティフル」のキャッチフレーズのもと、省エネのコンパクト・カーがクールだということで好まれるようになったりと、新しい考えや認識が人々の感覚や感性を変えてきたのと同じ流れだ。

実際、社会の主流となった主義主張や認識が、いかに人々の感覚を変えてゆくかには驚くべきものがある。健康志向が広がり、やれカロリーが高過ぎる、やれ塩分が多過ぎると言われれば、少し前まで大好物だったチーズバーガーやフレンチフライは見るもおぞましいものになり、代わって、これといった味も満腹感もないウサギの餌のようなサラダが大人気。主義主張とは最も関係なさそうな食べ物の好みでさえ変わってしまうのだから、その威力は半端でない。本来、美味しいと思うことに理屈などない。ギトギト脂のしたたる肉が美味しいと思う人もいれば、飛び上がるほど辛いものが好みの人もいるが、「なぜか?」と聞かれても答えようがない。ところが、最近は「答えようのあるもの」を美味しいと思う人が増えているようだ。

時代が望ましいとする考えや認識が広まれば、人は舌ではなく頭で食べるようになり、味覚さえ変わる。いわんや、美の感覚をや。高齢社会になり、加齢により自分の価値が失われることを断固阻止したいという人々が増えれば、加齢や老いをポジティブに捉えるべきだとの考え方や認識が社会の主流となり、サラダが美味しいと思うのと同じメカニズムで、多くの人が骨董品を愛でるように加齢に新たな美を見出すようになる……高齢者に都合のよいこういうシナリオも、あながち荒唐無稽な予測とは言えまい。加齢は美しいのではなく、美しかるべきものなのだ。

アレクシス・ビッターの広告

https://www.chicagotribune.com/lifestyles/fashion/sc-fash-0406-alexis-bittar-20150403-story.html

ドルチェ&ガッバーナの広告

https://www.pinterest.com/pin/158540849358377235/?mt=login

グドルン・ショーデンの広告

https://www.alamy.com/stock-photo-2010s-uk-gudrun-sjoden-magazine-advert-130473217.html

セリーヌの広告

https://www.vogue.com/article/joan-didion-celine-ad-campaign

その21

ダイハード

週刊誌で目ぼしいネタがない時の常套手段の一つは、おそらく「あの人は今？」を企画することだろう。かつて有名だったり世間を騒がせたりしたが今はすっかり忘れ去られた人々を掘り起こし、以後の人生を追跡しようという趣向だ。何度も繰り返されるところを見ると、結構、読者の好奇心をそそる企画らしい。取り上げられる人の中には、せっかく大成功したのに、不倫や違法ドラッグの使用、セクハラなどが発覚し世の中から葬り去られた実業家や芸能人、政治家なども少なくない。燃やせば骨と自己愛しか残らないのが人間。こうした不祥事により、あたら手にしていた自分の価値を一挙に失うことは、もしかしたら初めから名声や人気を得られない以上に辛いことかもしれない。

そのような場合、日本では何をおいても謝罪記者会見。企業の不祥事なら、業界を問わず経営陣がカメラの前にズラリと勢揃いし、日頃練習でもしているのか一斉に同じ角度で深く頭を垂れ世間をお騒がせしたことを深くお詫びするのが慣行だ（なぜ、まず第一に、原因となったことではなく、常に世間をお騒がせしたことを謝るのかは疑問だが）。時には、土下座までして謝罪効果を高めるというドラマチックな演出も見られる。詫びる気持ちを真摯に伝えることで許しを請い、できることなら、この件は一日も早く忘れていただきたいというメッセージなのだろう。しかし謝罪パフォーマンスや、それに続く禊や謹慎の甲斐もなく、企業の場合は株価が暴落したり客足が遠のいたり、有名人の場合は、事件はそのうち忘れてもらえるかもしれないが、ついでに自分の存在も忘れ去られてしまうことになり、結局、大切な評判や人気を取り戻せないまま、あえなく世間から消えて行くケースも多い。

一方、世の中には、ひとたび我が物にした価値を不祥事ごときでそう易々とは手放さない人々もいる。彼らは自分の価値を断固死守するばかりか、あわよくば不祥事なり失敗なりを契機に、さらにワンランクアップを目指すダイハードな人々だ。躓いても、あくまでアグレッシブな「攻め」のアプローチでプラスαの挽回を試みる。「深謝→衰退」パターンが多く見られる日本と較べ、アメリカでは転んでもタダでは起きない、こうしたダイハード派の華麗なる復活ドラマには事欠かない。

中でも天晴れで忘れがたいのは、インサイダー取引で懲役刑を受けた主婦のカリスマ的アイドル、マーサ・スチュワートだ。彼女は刑期を終えた2005年、直ちにビジネス活動を再開。マーサ・スチュワート・ブランド商品の人気はいや増しに高まり、出所後、新たに市場導入されたライフスタイル製品や家庭用製品の数は7000にも及ぶという。刑務所でじっくりアイデアを練る時間があったのが功を奏したに違いない。80歳を超えた今日に至るまで、雑誌、書籍の出版やTV出演活動も活発で、ムショ入りして箔をつけたヤクザさながらの活躍ぶりだ。とにかく、そのダイハードのメンタリティたるや半端でない。有罪判決が出て、それまでの華やかな生活が一転、刑務所では床掃除がマーサの日課となった。それですっかり意気消沈したかと思いきや、さにあらず。毎日、床にワックスかけをした後、使った道具を掃除するのが難しいことに気づいた彼女は、早速、得意の創意工夫で新しい方法を発明。後日のインタビューで、「与えられた仕事をベストな方法でやるというのは、いつだって最高の気分よ。私が刑務所を出る時は、ホント、床が前よりずっときれいになったわ」と言ってのけた。

かつてジャンクボンドの帝王と呼ばれたマイケル・ミルケンの復活ドラマも目覚ましい。証券取引法違反など諸々の罪で禁錮10年の刑（後に減刑となり、実際は22カ月）と

6億5000万ドルという途方もない罰金を課されただけでなく、生涯金融業界で仕事をすることも禁じられた。それならばということで、早速、刑務所内でシンクタンク「ミルケン研究所」を設立。シャバに戻った後は、あろうことか慈善事業家、教育家として名を上げ、前科者として疎まれるどころか、今や社会から尊敬の目で見られるようにさえなっている。ビジネス面でも成功し、堂々『フォーブス』誌の億万長者番付に名を連ねているのはさすがだ。因みに、2020年2月にトランプ元大統領の特別恩赦を受け、過去の汚点すらチャラになった。ゴルフ界の大物、タイガー・ウッズも忘れてならないダイハード派の代表選手だろう。相次ぐ不倫スキャンダルや違法運転、怪我などで№1の座から転落したものの、鳴かず飛ばずの数年間を耐え忍び、2019年のマスターズ・トーナメントでトップの座に返り咲き、奇跡の復活を果たしたのだからお見事、お見事。

こうしたドラマチックなカムバックは、本人の能力や努力もさることながら、個別の特異例というより、復活ドラマの舞台となったアメリカ社会全体の基盤となるメンタリティを反映したものだという気がする。せいぜいホリエモンこと堀江貴文の小粒なカムバックくらいしか見当たらない日本とは土壌が違う。多くのアメリカ人は、挫折の原因となった問題を非難するより、カムバックしたことに拍手を送る。アメリカ人と言っても千差万別、とうてい一括りにはできないが、絶対に諦めないダイハードなメンタリティは、もしかしたらアメリカ人の特性にみられる数少ない共通項の一つかもしれない。先に挙げた人々のスケールや迫力には遠く及ばないものの、評判や人気などの社会的価値に限らず、何であろうと一旦自分が手にした価値は断固手離さないダイハード族は、この国のありとあらゆる場所で様々な姿をとりながら、途方もないエネルギーを発散させている。

当然ながら、シリコンバレー辺りには、自分の能力やアイデアの価値に絶対見切りをつけず、「失敗は勲章なり」とばかりに失敗しても何度でも起業を繰り返す若手ダイハード族が溢れている。そんな華々しい場所に行くまでもなく、高齢者が多く住む変哲もないマンションのような所にさえ、別種の不死鳥たちが数多く生息している。彼らが死守するのは若さの華やぎだ。特に若さが大きな価値となる女性の場合は、ことさらリキが入る。通常の化粧で老いを隠し切れなくなれば、たるんだ肌をピシッと引っ張るフェイス・リフトやお手軽な定期的ボトックス注射を活用するのは常識。入れ歯や老眼鏡と変わらない老化対策の定番だ。毎週のようにネイルサロンに通い、若い女性たちと競って爪を流行りの暗赤色や青色に染め、まつ毛を延長させ、目のやり場に困るほど胸が開いた洋服など着て人生最盛期の華やぎを死守する。

離婚者や配偶者に先立たれた人も多いため、二部上場の恋愛市場も空前の活況を呈している。連れ合いが亡くなると、早速オンラインの出会いサイトで次なるパートナー探しを開始。マンション内でも、朝、誰かさんが誰かさんのアパートから出てくるのを目撃したという、まるで大学の寮のような噂に事欠かない。とても60代、70代（しばしば、それ以上）の人々の行動とは思えないが、州全体が養老院のようなフロリダ事情に詳しい友人によると、そんなのは序ノ口、全く驚くには値しないとのこと。ご当地では、妻を亡くした然るべき男性高齢者（すなわち、認知症ではなく、とりあえず2本足で歩ける程度の健康状態の男性）の元には手製のケーキを持った女性の「弔問客」が次々と訪れ、ケーキの容器の底には、名前と電話番号、メルアドが書かれたカードが添えられているそうだ（昔、公衆電話のボックスに置いてあった「今晩、お暇？」のチラシを思い出しません？）。

ビジネス界、政界、芸能界などの有名人から一介の高齢者まで、「あの人は今？」のリスト入りすることを潔しとせず、あくまで自分の価値を維持し現役を貫くダイハードな人々が跋扈すると同時に、そういう人々を容認するのがアメリカだ。しかしこの国は近年、新興国の追い上げやグローバル化を背景に求心力を失いつつあったところに、コロナの大流行やウクライナ戦争の追い打ち。相次ぐ国内外の失策で面目は丸つぶれ、世界最強国の威信はすっかり地に落ちた。この先、バイデン大統領の決死のリーダーシップの下、持ち前のダイハード精神を発揮して復活なるか、はたまた100年後には「あの国は今？」となるか。アメリカは今、大きな岐路に立たされている。

その22　ブロッコリーの茎

その昔、ブロッコリーを茹でようとしていた時、側で見ていた友達に「ダメ、ダメ、ブロッコリーの茎には栄養があるし、上手く料理すれば美味しく食べられるから捨てちゃダメ！」と厳しく注意されたことがある。以来何十年、インド人の男性が１００歳でフルマラソンを完走したとか、三浦雄一郎が80歳でエベレスト登頂に成功したなど、スーパー老人の快挙を耳にするたびに、なぜか唐突にブロッコリーの茎を思い出すようになった。高齢者が、端からムリと思われていたことを成し遂げたことで、それまで見過ごされていた潜在能力に気づくことと、ただのゴミとして捨てていたブロッコリーの茎に思わぬ活用方法があることを発見したこととの間に、一脈通じるところがあるからだろう。

加齢に伴い、体力や視力、聴力はもとより、集中力、記憶力、学習能力など、元々さほど優れているわけでもなかった各種能力が、一斉に凋落の一途を辿り始める。いくらのけ反るようなスーパー老人が大勢いると言っても、78歳のテニスプレーヤーが、大坂なおみを制してU・S・オープンで初優勝などということはまずあり得ない。どう考えても、老化とともに能力が衰え、それに支えられた自分の価値が低下してゆくことは否めない。しかし、燃やせば骨と自己愛しか残らないのが人間。高齢期にさしかかった時、自分の能力と、それに伴う価値が次々と失われてゆく状況を、ただ諦めて容認するはずがない。何とかして価値の目減りを阻止したい。さらに欲を出し、ひょっとしたら年を重ねるにつれ高まる能力だってあるのではないかという一抹の希望も捨てがたい。そのため高齢者たちは、ひたすら潜在能力の発掘にリキを入れることになる。

全くダメそうでありながら意外に有望ということで注目されるのは、シニアの「創造力」。判断力、洞察力などは、ある程度年齢がプラスになりそうな気もするが、これまで、創造力は諸々の能力の中でも特に衰退が早いとされてきた。年を取ると慣れ親しんだやり方や考え方に固執する傾向が強くなるし、新しい発想を得るには、既存の知識や経験がかえって邪魔になることも多いからだ。奇想天外なアイデアが画期的な製品やサービスを生むIT業界で牽引力となるのは、何と言っても頭が柔らかい20代の若者たち。26歳で後のノーベル賞につながる量子理論を発表したアインシュタインも、自分が早々と大成したのをよいことに、「科学の分野では、30歳までにメジャーな業績を挙げられなかったら、後の人生にも期待できない」と容赦ない。

しかし自分の価値の維持を目指す高齢者としては、そこで引き下がるわけにはゆかない。ピカソやシャガールなどの画家や、ピアニストのルービンシュタインをはじめとする音楽家の中には、80代、90代で若年期、壮年期を凌ぐほどの業績を残した人々も数多くいるではないか。もう少し新しいところでは、80歳近くなった今日も現役で活躍するロックミュージシャンのミック・ジャガーや、96歳で初めてヒット作*The Invisible Wall*を発表した作家のハリー・バーンスタインなど、高齢になってからも目覚ましい創造力を発揮をした著名な芸術家や作家だって少なくないと反撃に出る。最近も、コロナウイルスも何のその、90歳を過ぎた草間彌生が、ニューヨーク植物園で新作を含めた一連の水玉作品の展覧会を開催したなど、聞くだけでも元気が出そうな事例には事欠かない。

しかも最近の研究によると、年齢に伴う創造力の衰退は、これまで言われてきたほど急激でもなければ不可避でもなさそうだということが次第に分かってきた。まずは、個人差、分野による違いが予想外に大きい。また寿命の伸長、学習効果、過去の研究で完全に無視されてきた女性なども考慮に入れると、創造力がピークとなる年齢や衰退の速度はそれほど顕著ではないとされる。

さらに、創造の女神は高齢期に再度訪れ人生にルネッサンスをもたらすという有難い説もある。そればかりか、高齢になると絶対数は少なくても高い確率で「ヒット」を打てるといった朗報もある。実際、50歳で起業した人は30歳で起業した人と較べ、売却や株式公開という形での「エグジット（出口）」に成功する確率が約2倍になるという、マサチューセッツ工科大学の教授が行った調査結果もある（もっとも、このパターンが都合よく70歳と50歳の違いにも適用されるかどうかは不明だが）。世界的天才の偉業や起業といった大層なことでなく、いつもの料理に一工夫加える、初めて絵筆をとるといった一般人のささやかな創造性に限ると、環境や心がけ次第で創造力の維持、向上は大いに可能だと言われる。年齢とともに創造性が失われるのは、多分に機会や意欲不足によるもののようだ。

定年制の廃止や雇用延長、人材不足など様々な理由で高齢者の雇用が拡大している中、職場における高齢者の潜在能力発掘の気運も高まっている。すでに10年以上も前になるが、ニューヨークのラガーディア空港からワシントン州シアトルに向かうUSエアウェイズ

１５４９便が、バードストライクに遭遇し両エンジンが停止。機長のチェズレイ・サレンバーガーの独断によるハドソン川への緊急着水で、乗員乗客１５５人全員が無事に救出されたドラマチックな事件を憶えている人も多いだろう。「ハドソン川の奇跡」と称えられ映画にまでなったこの不時着事件、立役者となった機長は当時57歳、客室乗務員３人の年齢も51歳、57歳、58歳と、日本の航空会社では、ありえないような熟年クルーだったことも注目された。仕事の能力は40代辺りをピークに下降線を辿る一方と考えていた多くの人は、この事件を目にし、マニュアルでは対応不可能な危機に遭遇した時は、経験豊かなシニアが威力を発揮することを認識することになった。50代、60代は高齢のうちに入らないという向きには、米国政界の現状を見ていただきたい。カルトの教祖のようなトランプ前大統領が４年間、四方八方かき回し、コロナウイルスが蔓延し、ロシアのウクライナ侵略戦争が勃発しと、前代未聞の危機に直面している現在の米国で、若手リーダーはお呼びではない。歴代最高齢の大統領を筆頭に上下両院のリーダー、閣僚の多くは後期高齢者のオンパレード、ホワイトハウスや議会は老人ホームさながらの様相だ。

職場における高齢者の潜在能力について検討する際、将来、多くの分野で必要とされるスキルや能力は、今とは大きく変わるだろうという点も考慮する必要がある。オックスフォード・マーチン・スクールが実施した研究によると、現在米国にある職の47%は、向こう20年間にソフトウェアやロボットなどにとって代わられ消失する可能性が大きいという。特にリスクが高いのは、いわゆるナレッジ・ワーカーと言われる人々の職だ。コンピュータが人間の代わりに「学習」「進化」し、正解率の高い回答を示してくれる人工知能の技術が日進月歩で高度化している。そうなれば、最も大きなインパクトを受けるのは、医者や弁護士、金融アナリストなどのナレッジ・ワーカーたち。日々増え続けている膨大な症例や判例、研究結果、あるいは複雑なデータに基づく判断は、いずれ人間が機械に及ばなくなる日が来るからだ。どんなに頭がよくて勤勉でも、人間の頭脳では到底対応不能なほどの大量データに基づくスピーディーな診断や治療法の決定、または最適な金融ポートフォリオに関する判断などは、潔く機械に任せた方が確実なものとなる。そういう時代がやって来たら、医療やビジネスの成功の鍵となるのは、人間だけにしか生み出せない価値の発見と提供に違いない。それは、必ずしも年齢に左右されるようなものではないだろうし、中には年齢とともにしか創出されないものがあるかもしれない。

米国では最近、高齢者を対象とする公的医療保険のメディケアで、人生の終末期に関するコンサルティングを行う医師に対し、保険の支払いをすることが決定された。意思表示ができなくなる前に、延命治療の希望の有無や方法について患者と話し合うことが、新たに報酬対象となる医療行為として認められたわけだ。これまで医療サービスの中核となってきた診断や治療が次第に機械化されてゆく一方で、こうして人間にしかできない新たな医療の側面が生まれている。終末期コンサルティングに関して言えば、一般に若手新鋭の医師よりも、自身の死が視野に入ってきた高齢医師の方が優れたサービスを提供できるに違いない。

技術が進歩すればするほど機械やマニュアルで対応できないことが重要になり、高齢者の能力が求められる分野が増えてくるというシナリオも、あながち高齢者たちの我田引水とは言えないだろう。実際、法律事務所では近年、これまで若いスタッフが対応してきた専門性の高い作業の多くが機械化されつつあるため、必要なのは経験豊富でクライアントの信頼が厚いシニアばかりで、組織構造がトップ・ヘビーになる傾向が見られるという。若手弁護士のポストが減るという昨今の現象は、社会全体として必ずしも喜ばしいこととは言えないが、社会的価値が高まっている仕事と、価値が失われている仕事を見極め、その担い手としてふさわしい者は誰かを考えるなかで、高齢者の社会的位置づけが見直される可能性が生まれるだろう。

そして何より重要なのは、創造力はじめ高齢者の潜在能力については、正直、確かなことは何も分かっていないという事実。とにかく、これだけ多くの健康で長寿、教育程度も高い人間が地球上に存在したことがないので、未知のことだらけだ。今の社会は寿命50年くらいを前提としたモデルに基づくもので、そもそも高齢者の能力を生かせる仕組みになっていないと指摘する者もいる。高齢者の潜在能力解明の試みは、失地挽回を目論むシニア達の悪あがきという穿った見方もあるが、誰が未踏の地に宝が潜んでいないと断言できるだろう。求めよ、さらば与えられん。人材の「耐久性強化」「リサイクル／再活用」、または「アンティーク」という新たな価値の発見など、方法は色々ありそうだ。高齢者たちは、ブロッコリーの茎の教えを忘れず一生懸命探せば、能力低下現象にめげることなく自分の価値を高める要素を発掘できるかもしれない。

その23

過敏症

途上国を含む世界のどの国よりも新型コロナウイルスが猛威を振るったアメリカで、2020年からの約2年間、メディアのトピックがコロナ一色となったのは当然としても、連日、マスクをする、しないの話題に終始したのは何とも奇異なことではあった。テレビのニュースでは、医療専門コメンテーターや感染症の権威がマスクの効用を繰り返し説明し、着用の必要性を声高に連呼しているにもかかわらず、執拗に着用を拒否する人々が大勢いたためだ。

昔から、多くの人が風邪の予防や花粉症対策のためにマスクを着用する習慣がある日本と違い、マスクは銀行強盗かテロリスト、はたまた、絶対近寄りたくない重篤な伝染性疾患に罹っている人が使うものという認識がある多くのアメリカ人が、マスク着用に抵抗感をもつのは理解できなくはない。しかし事態があそこまで悪化し、ワクチンも充分に行き渡らない当時の段階なら、多少の煩わしさや抵抗感があっても着用したらいかがなものかと思われたが、現実はそう簡単にはゆかなかった。

こうした状況の背後には、マスク着用と支持政党という、一見何の関係もなさそうな二つの間に強い関連性ができてしまったという特異な現象があった。２０２０年11月の選挙を控えたトランプ前大統領を筆頭に、元々「小さい政府」を標榜する共和党の一部の人々が、お上がマスク着用を強要するのは憲法違反だ、自由を脅かす専制政治だと主張し、他者から「ああしろ、こうしろ」と指示されることにことさら強いアレルギー反応を起こす過敏症の人々の大きな支持を得たのだ。

感染が確認されてからわずか数日で驚異の復帰を果たしたトランプ前大統領が、入院先からホワイトハウスに戻るや否や、バルコニーに出て居並ぶテレビカメラの前でマスクを外すというパフォーマンスを披露したことで、マスクを着用するか否かの選択が、あたかもトランプ支持を表明するための踏み絵のようになってしまった。調査会社ギャロップ社が２０２０年半ばに実施した調査によると、マスクを常に着用するとした者の割合は、共和党支持者が24％、民主党支持者が61％と歴然たる違いが見られた。共和党が優勢の南部の州では、マスク反対のデモ行進が行われたり、マスク着用を義務付けることに対して憲法違反の訴訟を起こしたりと、たかが小さな布切れに過ぎないマスクごときが、図らずも政治の表舞台に躍り出た感があった。

人間の脳は、自分を脅かす「脅威」を最少化し、自分を支援する「報酬」を最大化するように働き、基本的に人間のすべての行動はその脳の働きによって説明できるという理論は、消費者行動分析や企業の人材管理法など様々な分野で広く活用されている。この考えに基づくと、新型コロナウイルスは正に生命を脅かしかねないものなので、医学の専門家に「マスク着用は有効だから、ウイルスに感染しないようマスクをしなさい」と言われたら、「脅威」の最少化を図るため、四の五の言わず素直に従いそうなものだ。ところが、マスク着用と人間の自由の間には風が吹けば桶屋が儲かる程度の関連性しかないにもかかわらず、マスクを着用しろと言われ、「すわ、私の自由が侵される！」とハリネズミのように過剰な防御反応を示す人々が大勢いるのは一体どうしたことだろう。

血圧や血糖値が高いため、医者にこれを食べてはいけないとか、これをやってはダメだとか言われて、「医者は私の自由を侵す！」と騒いで医者を訴える人などいない。もっとも、すでに高くなってしまった血圧や血糖値と違い、コロナ感染は単なる可能性に過ぎないので、何の根拠もなく自分は感染しないと高をくくっていた人も多くいたに違いない。アレだめ、コレだめの毎日で欲求不満が蓄積した人々にとり、反対を唱えて大騒ぎするのが格好のうっぷん晴らしになったという面もあるだろう。しかし、マスク着用反対をほとんど滑稽とさえ思えるほど声高に訴える人々を見ていて、もしかして、彼らは自分の価値を認識するうえでの拠り所となる基盤が極めて脆弱な人々なのではないかと気づいた。

マスク着用反対者とトランプ支持者の相関関係は高く、実際その多くは、近年の産業構造の変化に対応できずミドルクラスから脱落してしまった、地方都市に住む白人ブルーカラー達だ。郊外の快適な持ち家、子供の大学教育、安定した老後を保証する年金など、ひと昔前のミドルクラス労働者が誇りにできたものを次々に失い、それでなくても自己評価が低下しがちな時に、権威ある者からケッタイなものを着用するよう指図を受けたものだから不快感炸裂。「脅威を避けよ!」という脳の指令すら聞こえなくなってしまったのだろう。いや、おそらく脳は、生命に対する脅威より自分の尊厳に対する脅威の方を強く感知したのかもしれない。

燃やせば骨と自己愛しか残らない人間、誰でも自分の思い通りにしたいから、他人に指図されることには多かれ少なかれ抵抗感があるものだ。特に自分がよいと思うことや、やりたいことと指図の内容が一致しない場合、客観的に見ていずれが正しいかには関係なく、上から目線で指示されたという、そのこと自体に過敏に拒否反応を起こす。指示の方が正しいと分かれば、自分の判断が劣っていたことを認めなければならないため、いよいよもって面白くない。それでも自分の価値を確認する方法が他にも色々ある人は、一つの指示に従うことで自分の尊厳が大きく損なわれるという危機感はないので、内容がもっともだと納得できれば、それに従うこともやぶさかではない。しかし、自分の価値を確認するうえで使える持ち札が少ない人に、そんな余裕はない。無意識の自己防衛本能が働くためか、エゴがフォアグラのように肥大化し、自尊心を脅かすわずかな刺激にも耐えられない。

こうした過敏症タイプの人の扱いには、返す返すも充分な配慮と工夫が必要だ。たとえその方が分かりやすいと思われる場合でも、「こうしなさい、ああしなさい」と単刀直入に指示を与えるのはNG。地雷を踏むようなものだ。スンナリ指示に従ってもらえないばかりか、直接、間接の反発で思わぬ逆切れ被害を被ることにもなりかねない。こちらの希望通り行動してほしい場合は、指示ではなく、あくまで「お願い」や「ご協力を求める」

という低姿勢のアプローチに徹し、当人を優位な立場に据えて「相手のためにやってやるのだ」と思えるようにすると成功率が高まる。上手くいった場合は、「あなた様のお陰で、本当に上手くいって助かりました！」と、通常の3割から5割増しの謝意を奮発することも忘れてはならない。「さらに改善するには、どうしたらよいと思われますか？」など、アドバイスを求めるのも極めて有効な戦略となる。要は、相手が自分の価値を高く評価されたと思えるように演出することだ。

アメリカでは、ワクチン接種率上昇によりマスク着用の義務化は緩和されつつあるものの、一部に見られた強烈な過敏症が治癒したわけではない。今度はワクチン接種をしろと指図されることに過敏症の反応を示し、マスク反対派からワクチン反対派に鞍替えした人々も少なくない。国としてのワクチンの効果は接種率が国民の7〜8割になる必要があるのに、先を争って接種した人々の後が続かず、接種率の上昇は鈍化の一途。目標達成できず頭を抱える各地方自治体は、健康上または宗教上の理由ではなく、「指図されたからやりたくない」レベルの人々を対象に知恵を絞り、宝くじやスポーツイベントのチケット、現金100ドル、遂にはマリファナ（因みに、導入したワシントン州では合法）までの「ご褒美」を取り揃え、誘致合戦を繰り広げたが、完全接種率は未だ70％に達さず頭打ちのままだ。それにしても、皆さん、感染率の低下よりマスク着用義務解除の方が格段に嬉しそうに見えるのは気のせいだろうか。

その24　男と女

「トムったら、いつもエクササイズ中にSMS送って来るから、ん～、もうエクササイズにならないわぁ～」と言いながらも嬉しそうに携帯電話をのぞき込み、次第に足の動きがおろそかになっているのは、63歳になるジム友達のクリス。夫が病死したきっかり1年後から、ついこの間までオンラインの出会い系サイトで精力的に次なる相手探しをしていた。「いいかなと思ったら、ポニーテールなのよ、白髪のポニーテール！」と叫ぶクリスに、近くのランニングマシンで走っている同年代の女友達が、すかさず「ハゲじゃ、どうしようもないけど、ポニーテールなら、後で髪切ってもらえばいいじゃない。そんな贅沢言ってる場合？」と返す。こんなやり取りが何度も繰り返された後、遂におメガネにかなったパートナーと出会い、今はハッピー、ハッピー。因みに、トムはポニーテールでもハゲでもないばかりかヘアドレッサーだ。

ここに至るまでの相手探しは、そこまでやるかと思うほどのリキの入れようだったので、別の友達に「クリス、よくやるわよねぇ」と言うと、「一人じゃ寂しいし、やっぱりセックスの相手が必要じゃない？」という答え。60代といえども、単に茶飲み友達を探しているわけではないのだ。性欲というのは個人差が大きく、渡辺淳一の小説に出てくるように中高年になっても意欲満々、人生それっきゃないというような人がいる一方、カトリックの修道女はじめ（神父の方は、色々問題を起こしているようだが……）独身の人の中には、特定の相手がいなくても別段どうということもなく、それなりに楽しそうに暮らしている人も大勢いる。いずれにせよ、一般に、高齢になれば体力、気力の衰退に伴いそちら方面のニーズも低下するので、20代、30代の時と違い、パートナーがいなくなったからといって、身体的欲求から、取り急ぎ代わりを調達せねばならないほどの緊急事態には至らないだろう。

それにもかかわらず、少なくともここアメリカで見る限り、60代、70代になっても多くの人々が熱心に相手を探し求め続けるのは、何よりも、自分にまだ異性を惹きつけるパワーがあることを確認したいという切なる思いによるところが大きいような気がする。男性、女性としてのパワーや、それに伴う心のときめきは、人生の中で他では代替しがたい極めて特異なものだ。燃やせば骨と自己愛しか残らない人間にとり、それは自分の価値を確認する強力なツールであり、人によっては、年を取ることで手離すのが最も惜しい価値かもしれない。

その思いがいかに強いかは、高齢者向け出会い系サイトの利用者が年々増えていることや、老人ホームでさえパートナー探しが活発で、最近はホーム内の性病罹患率が高まっていることが問題になっていることなどからもうかがえる。しかし何よりもそれを顕著に示すのは、高齢者の性行為を支援する男性用、女性用両方の製品が数多く市場投入されていることだろう。その手の製品が続々と新発売された当初、もはや高齢者しか見ないネットワーク系テレビでは、連日この類いの商品コマーシャルばかり見せられていた気がする。そこでは、まず、仲良さそうな高齢者カップルがロマンチックな光景を繰り広げる画面を写し出し薬の効用を宣伝。そして最後の部分で、法律なので仕方なく、呼吸困難や視覚障害など恐ろしい副作用があるかもしれないという警告を、これ以上不可能というほどの早口でまくし立てる。そんな警告を聞いてもなお（もっとも、耳が遠くなった、もしくは、あまりに早口過ぎて聞き取れないかもしれないが）、薬を使い、衰えた肉体を鼓舞しながら命がけで自分の性的能力を証明、確認したい人が大勢いるのだろう。

このようにアメリカでは、いくつになっても男性、女性としてのパワーや、それに伴う感情を表現、確認することが容認されるばかりか、むしろ奨励されているようにさえ見えるが、日本をはじめとする多くの国では、高齢者は中性的存在であることが期待され、男性、女性としての自分をあからさまにすることはあまり歓迎されないようだ。しかし、日本の高齢者だって誰かが自分を見てときめいて欲しいという願望が全く消えたわけではないだろうし、ステキな異性を見て胸躍ることだってあるだろう。

そう言えば、日本の介護送迎バスサービス会社の社長からこんな話を聞いたことがある。競争激化と料金低下のプレッシャーの打開策を模索しながら売上動向のデータを睨んでいたら、不思議なことに気づいた。特に大きな変化があったわけでもないのに、ある時点を境に売上がガクッと落ちているのだ。よくよく調べたところ、それは、おばあさんの間で大人気だった運転手のイケメン兄さんが別の職場に異動になった時期と一致していた。顧客（大半はおばあさん）がこの会社のサービスを頻繁に利用していたのは、サービス内容や料金もさることながら、イケメン兄さんに会いたかったからというわけ。男性は高齢でも若くてきれいな女の子が大好きというのは改めて言うまでもないが、女性だって、何歳になっても若いイケメンを見れば心が華やぐということだ。この社長が、以後、運転手は見かけ重視で採用しようと密かに決めたことは言うまでもない。

一般に人の性格や考え方は30歳以後は大きく変わらないとされ、そのあたりの自分がアイデンティティのコアになるようだ。あれほど固く信じた変わらぬ愛や高い志が自分でも呆れるほど簡単に色あせたことはさておくとして、「本当の私」は、若い頃からあまり変わっていないと感じている人も多くいるに違いない。「気は確か？」と言われそうなので口には出さなくても、「私」はあの時のままの自分。あの頃の男性、女性としての思いは、今でも心の中で密かに息づいている。それなのに、自分の体はどんどん衰えてゆく。高齢者の多くは、勝手に老化してゆく肉体の内側に変わることのない若い自分を密かに抱えて生きているという事実から、老いとは、本当の自分を覆う「仮面」に過ぎないと主張する学者もいる。「老人」という実体はどこにも存在せず、いるのは、ディズニーランドでミッキーマウスやミニーマウスの着ぐるみを着て手を振っている人のように、老いた肉体に閉じ込められた若いままの自分というわけだ。

着ぐるみなら、「あ〜、暑苦しかった」と言って脱ぎ捨ててビールの一杯も飲めば本当の自分に戻れるが、老いの仮面はそうはゆかない。しかし、ずっと仮面をかぶったまま社会の期待や常識に合わせ、ホントの自分ではない「老人」を演じるのは、はなはだ不本意だ。そこでダイハードなアメリカ人は、マイケル・ジャクソン級の肉体大改造で外見的若さの修復を図るとか、もう少し穏やかに、薬の力を借りたり期待値を調整したりすることで、「ホント」の自分と、老化する肉体の現実とのギャップを埋めようとする。

しかし、現実は容赦ない。自分が維持したい男性、女性としてのパワーやそれに伴う感情と、容れ物である肉体のギャップは開く一方だ。体形の変化を受け容れ難く、スリムだった昔のジーンズを引っ張り出して無理に穿こうとするようなもので、たとえお腹に付いた脂肪を何とか押し込んでみても、苦しいだけで、もはや昔の自分を再現することはできない。どこかで、内なる自分と老いてゆく肉体との間で折り合いをつけなければならない時がくるだろう。「老年の悲劇は年老いていることではなく、自分が未だに若いことだ」とは、19世紀末の作家、オスカー・ワイルドの言葉だ。

その25

両刃の剣

昔、週刊誌の記者をしていた友人は、「愛人問題発覚!! A氏（53）、六本木でモデルのBさん（24）との密会現場を激写」といった文体で記事を書くのが習い性となったためか、会話で人の話が出るたびに、「C君は68歳なんだけどね、この前、新橋の飲み屋でばったり会ってさぁ……」という具合に、本題と直接関係なくても必ず括弧に入れるような感じで年齢を付け加える。登場人物の年齢を明らかにして話のインフラを設定しないと、先が続かないらしい。確かに新聞の事件記事など見ても、特に重要な意味をもつと思えないような場合でも、括弧の中にちゃんと年齢が記されている。

日常生活では、気にはなっても正面切っては聞きにくいので「東京オリンピックの時、何年生だった？」など、巧妙な手口で年齢を探り出そうとする人もいる。人の年齢なんて知ってどうするとは思うが、誰にも年齢を明かさない人は胡散臭い印象を与えかねない一方、初対面の人が同年齢と分かると何となく親近感が湧くというのも事実。たとえ2～3

歳でも、年下の人にタメ口で話されたりするといい気持ちがしないといった感覚もある。口では「年齢なんて関係ない」と言っても、人は思いのほか年齢を強く意識しながら生きているものだ。

しかし、世界全体で年齢がかくも重要な意味をもつようになったのは、たかだか20世紀になってからのこと。それまで多くの社会では、ざっくり子供、大人、老人の区別がある程度で、自分の正確な年齢を知らない人も珍しくなかった。人々が新聞記事に括弧で入れないと気が済まないほど年齢を意識するようになったのは、近代官僚社会の出現、特に学校制度の導入によるところが大きいとされる。日本では、それ以前は、そろそろ読み書きでも習わせるかという親の意向で異なる年齢の子供たちがわらわら寺子屋に集まり勉強を教わっていたのが、学制導入を期に、人は決まった年齢になったら学校に上がるばかりか学年ごとにグループ分けされ、突如、一歳刻みの年齢が重要な意味をもつようになった。特に4月1日を境に学年と年齢を厳密に一致させる日本のシステムでは、70歳過ぎてまで「あの人は早生まれだから、私より一つ下だ」と言うなど、人々の頭の中には学年を基準とする年齢コンセプトが深く刷り込まれている。

近代国家では社会をコントロールするために、学制だけでなく様々な分野で、世の中に定着した年齢のコンセプトをフルに活用してきた。たとえば、数々の年齢制限。世の中には運転や飲酒、結婚、選挙のように、誰もが制限なしにやったら不都合なことがたくさんある。本当は能力テストを行い各人の適格性の有無を判断すべきだが、そんな手間暇はかけられないという管理者側の都合に合わせ、年齢で人々を十把一絡げにした年齢制限が広く導入されている。法律で決められていなくても、定年制はじめ、年齢に基づく制度や応募資格、参加資格などが設けられている場合も少なくない。さらに、「年甲斐もなく」とか「いい年して」とかいった枕詞と共に、年齢は陰に陽に社会規範を維持するためのツールとなり、人々が人生のとんでもない時点でとんでもない行動をしないよう規制してきた面も大きい。そういう意味で、年齢は、全ての人に適用できる客観的で公平かつ経費もかからない、非常に優れた社会統制ツールとして大活躍してきた。

ところが近年、社会がこの優れモノを活用することに異議を唱えると共に、社会の隅々に浸み込んだ年齢のコンセプトを払拭しようとする動きが顕著に見られる。明確な年齢のコンセプトやそれに基づくルールは、社会の統制にとっては便利かもしれないが、燃やせば骨と自己愛しか残らない人間個人の側から見ると、はなはだ不都合な点が多いからだ。

自分はやりたいと思っているのに、年齢による社会の縛りで自由や可能性が制約されるのは容認しがたい。特に問題が深刻なのは高齢者。年々、年齢のために自由や可能性が奪われてゆくだけでなく、それに伴い自分の市場価値や社会的地位が脅かされるからだ。日本では、70歳を過ぎたら、自分のお金で家のトイレを修繕するにも、料金が一定額以上になる場合は、詐欺行為を防ぐため70歳未満の家族の了解が必要だという信じがたい話を聞けば、事態は確かに深刻だ（適切な家族がいない人は、トイレも直せないのだろうか？）。

こうした状況を背景に、社会の有効なツールとして重宝されてきた年齢は一転、個人の可能性や価値を脅かす凶器として認識されるようになりつつある。そのため世の中では、年齢が人々にもたらすネガティブなインパクトを軽減するための様々な試みが見られる。まずは、正攻法で年齢差別反対。女性差別や人種差別と並んで、近年は年齢差別撤廃も、社会正義の一環として多くの国で定着しつつある。米国で定年制が早々と違法化されたのをはじめ、他の先進諸国でも、職場を含む様々な場所で年齢差別に厳しい目が向けられるようになっている。それでも、米国で実施された調査で、35歳から62歳と年齢だけを変えて似た内容の履歴書４０００通を求人中の企業に送ったところ、書類選考をパスしたのは若い人の方が40%も多かったというような例は、今でもゴマンとあるのが現実。法律や制度を変えてもやっぱりね。長年、人々の頭の中に刷り込まれた年齢差別意識を撤廃するのは容易ではないということだろう。

しかし、他人様の頭の中を変えるのは難しくても、自分の認識を上手く操作し、自分の価値を損なうような不都合な年齢コンセプトを攪乱、崩壊させるのは意外と簡単なようだ。あるアンケート調査では、大半の人が自分は暦年齢より10～15歳若いと感じていると回答。多くの者が、自分は他人の目に実際より7～8歳は若く見えると思っているという別の調査結果もある。そうした希望的、楽観的認識に拍車をかけるかのように、メディアでは「今の50歳は昔の30歳」など、気前よく20歳も切り下げた表現が飛び交い、高齢者の味方であるAARP（米国退職者協会）の出版物に至っては「60歳はニュー30歳」と、一層の大盤振る舞いだ。「冷戦」という言葉を初めて使ったことで知られる米国の政治家バーナード・バルークの、「年寄りとは、自分より15歳上の人のこと」という定義を採用すれば、人は永遠に年寄りにならずに済む。

より斬新なアプローチとしては、自分の可能性や価値の目減りをもたらす年齢の定義そのものを変えてしまうという手もある。たとえば、暦年齢ではなく、老化の尺度としてより説得力がある「体年齢」を重視することにしたらどうだろう。生まれた時からの時間経過ではなく、内臓や血管の状態を調べ、同じ暦年齢の人たちの平均値と比較することで「本当の年齢」を測ろうというわけだ。まだ科学的に確かな測定指標が定まっていないため算出法によりばらつきがあるのは避けられないが、体年齢は自己データに基づくため自分の本当の年齢として納得しやすいし、何と言っても、暦年齢と違いコントロール可能な点が喜ばしい。

体年齢が遺伝子によって決定される部分はわずか25〜30％、残りは生活習慣やライフスタイルで決まるばかりか、年を取るほどコントロール可能な割合が上昇すると聞けば期待も高まる。男性では最高25歳、女性なら何と29歳も暦年齢より若い体年齢を実現できるとの説もある。もちろん、暦年齢はどんなに自堕落な生活をしていても1年に1歳しか増えないが、体年齢は一挙に2歳も3歳も増えかねないので気は抜けない。実際、夫より若いはずだったのが、いつの間にか年上女房になっていたという人もいる。しかし、去年は59歳だったけれど努力の甲斐あって今年は57歳になったとなれば、気分はサイエンス・フィクションの世界。そのうち、正式な書類の年齢欄に、自分の「本当の年齢」を示すものとして体年齢の記入を主張する人が現れるかもしれない。

「世の中に絶えて桜のなかりせば……」の発想を一歩進め、「この世に年齢なんてものはない」と宣言し、凶器としての年齢のインパクトを封じ込めてしまおうという究極の方法もある。そんなアホなと思うかも知れないが、ここ数十年、年齢なんてものの実態はなく、それは社会が作り出したものに過ぎないとか、年齢がいかに無意味になりつつあるかなどを論じたエイジレス志向の学説には事欠かない。年齢差別を禁じる法律ができた、年齢制限は次々に撤廃されている、人が何歳で何をしようと顰蹙を買うこともなくなった、今の60歳は昔の40歳、はたまた人の「内なる自分」は生涯通して変わらない、などの社会現象や心理現象を積み上げて、我々は年齢が雲散霧消する社会へ向かっている、さらには向かうべきだと主張する人までいる。自分の可能性や市場価値を目減りさせる年齢を、この世から抹殺したいと密かに願っている者にとっては、正に渡りに船のお説だ。「あなたがチーズでもない限り、年齢なんて関係ない」とか「自分の年齢は、自分が感じる年齢」とかいった「名言」に力を得て、喜々としてエイジレス説を信奉することになる。

しかし、人種差別をなくしたからといって皆の肌の色が同じになるわけではないように、年齢のネガティブな社会的インパクトが軽減されることと、年齢が存在しなくなることとは同じではない。また、近代社会以前のように年齢のコンセプトが希薄になり、非常に便利な年齢に基づく様々なルールが、近い将来、社会から消滅することも予想しにくい。ただ、年齢は性別や人種よりはるかに主観的な側面が大きく、何歳だろうと自分が若いと思えば若いと言える余地があるし、年齢差も相対的なものに過ぎないことが多い。そのため、意識や認識を操作して年齢の存在を曖昧にしたりカモフラージュしたりすることで、凶器としての機能を鈍化させたり、年齢のコンセプトがもたらすデメリットの最少化を図ることは可能だ。年齢は両刃の剣、使いよう、考えようというわけだ。そこで高齢者たちは、自分の可能性や価値を死守するために、創造力の限りを尽くして年齢の非凶器化を試みることになる。

あなたもYOLO、私もYOLO──おわりに

日本にある外資系市場調査会社の同僚だったマークは、どんな経緯があったのか日本に定住し、日本語は達者、普通の日本人が知らないような日本に関する知識も豊富、巨漢ながら繊細な心とユニークなキャラの持ち主だった。この人がある時、ポツリとこう言った。

「僕は、多くの人がどうでもよいと思うようなことしか面白いと思えないんだよなぁ。今朝読んだ、昔は街角や駅構内に靴磨きが沢山いたのに最近はほとんど見かけなくなったなんて新聞記事が気になるんだけど、そういうことって気にかけても何の役にも立たないから、どうしようもないんだよねぇ」

はからずも40年以上もアメリカに住むことになったものの、その経験を生かして体系立った「日米比較論」などぶち上げる知識も意欲もなく、自己愛の謎解きにヒントを与えてくれるようなアメリカ人の些細な行動や、どうでもよいような現象ばかりに目が行く自分を振り返り、何十年も前にマークがつぶやいた靴磨きに関するコメントを思い出した。私もまた、靴磨きにしか関心を持てない人間だったのだと思う。

女優で歌手、そして日本で初めて肢体不自由児のための養護施設「ねむの木学園」を創立した宮城まり子が歌う、1955年発売『ガード下の靴みがき』のような風景は、確かにいつの間にか日本の街から姿を消した。しかし、「靴磨きが消えた」というどうでもよさそうな現象も、よくよく考えてみると、思いがけず社会の様々な様相が焙り出されてくるものだ。この現象に関心を持ったのは元同僚のマークだけではないらしく、インターネットで調べると、サイトにはその原因に関する、ありとあらゆる角度からのコメントが満載。主立ったものを簡単にまとめただけでも、次のように多種多様な側面が指摘されている。

(1) 戦後に孤児や身寄りのない人の救済措置の一環として靴磨きの免許が発行されたが、そんな免許は、もう発行されていないからではないか（歴史的背景、社会政策）

(2) 昔、多くの人は靴を1足か2足しか持っていなかったので、靴を磨いて大切に履く習慣があったのだろう（生活水準の変化）

(3) 最近はスニーカーを履く人が増えたので、靴を磨くというニーズが減ったに違いない（ライフスタイル、ファッションの多様化）

(4) 今は、自分で簡単に磨ける便利な商品がある（新商品開発）

(5) 昔は皮革をなめす技術が低かったので、こまめにケアしないと表面がガサガサになったのだろう（技術の向上）

(6) 道路が舗装されて靴が昔ほど汚れなくなったから、今は、あまり磨く必要がない（社会インフラの整備）

(7) 路上営業の場所確保が難しく1カ所に長期定着できないので、固定客を確保できなくなったのではないか（社会環境の変化、マーケティング戦略）

(8) 現在は、靴磨きは商売として採算が合わないのだろう（経済分析）

その他、人に靴を磨かせることでしか優越感を得られないような「貧しい人」がいなくなったのだろうという、経済力の向上がもたらす心理的変化に言及した独創的コメントには座布団一枚。このように、様々なイマジネーションを刺激するという意味では、ここで展開した自己愛のハナシも靴磨きと同じようなもの。いずれも、高度な統計学を駆使しても見えてこなかったであろうHeavy Moonに基づくアイデアだ。ただ異なるのは、靴磨きは、「靴磨きが姿を消した」という一つの現象の背後にある様々な要因に思いを巡らしているのに対し、「自己愛の風景」では、逆に「人は燃やせば骨と自己愛しか残らない」という一つの要因がもたらす様々な現象を捉えているという点だろう。

こうして「靴磨き消滅原因究明団」の皆さんに負けじと、これでもかというほど多くの「自己愛の風景」を書き並べ、心ゆくまで「人は燃やせば骨と自己愛しか残らない」と連呼したので、お陰様でスッキリ。しかし、聞かされた方はたまったものではないだろう。「言いたいことは、よ～く分かりました。四方八方、どこを見渡しても『自己愛の風景』ばかり、世の中にいるのは、燃やせば骨と自己愛しか残らない人間ばかり。ま、100％納得と言うわけにはゆかないけど、百歩譲ってそれがホントだとしたら、一体どうすりゃいいの？」と逆切れされそうな気がする。

しかし、垣間見た様々な「自己愛の風景」を思い返していただきたい。その中には、きっと望ましいと思えるものもあっただろう。自己愛それ自体は、潜在的にポジティブなものともネガティブなものとも言えない。コアとなる自己愛に基づき、人が、もっと金持ちに、もっと美しく、もっと高い社会的地位に、あるいは、もっと人から認められる「価値ある私」になりたいと望めば、他者を陥れたり醜い競争を繰り広げたりすることになるかもしれないが、一方で、そうした一心な思いが活力となり、人並み外れた努力をしたり進歩や革新的アイデアを生み出したりすることもあるからだ。

ただ、皆が自己愛全開状態で行動し、いつ寝首をかかれるか分からないのでおちおち眠ることもできないという世の中にならないよう、自己愛がもたらしかねないネガティブな面を巧みにコントロールするのが人間の知恵というもの。そこで役立ちそうなのが、10年くらい前から若者を中心にしばしば使われるようになった「YOLO（You Only Live Once）」という言葉だ（日常的には、「高いけど、これ買おうかなあ？」「ＹＯＬＯ！　買ったら？」という感じで使う）。当たり前ながら、日頃は忘れがちな「人生は一回しかない」という厳粛な事実を明確に認識し、その時々の自分の思いを大切にしながら人生を積極的に楽しもうという、自己愛と極めて相性のよいモットーだ。

ここで重要なのは、あなたもＹＯＬＯなら私もＹＯＬＯだという点だ。様々な制約から解き放たれ、一回きりの人生を抱きしめて生きたいという思いを持つのは誰しも同じ。あなたも私も一回きりの人生を生きる存在だという視点をもてば、同じ自己愛の風景も少し違って見えてくるのではないだろうか。記憶力抜群の方なら覚えているかもしれないが、「他者の靴」を履いてみること、「自己愛の同心円」を思い切り拡大して相手を自分の円の中に置いてみることと言ってもよいだろう。鍵となるのは想像力だ。他人のものでも欲しいものは欲しいし、都合の悪いことは相手に迷惑がかかっても回避したい。しかし、あなたも私も燃やせば骨と自己愛しか残らない存在、あなたも私もＹＯＬＯだと思えば、人を傷つけたり陥れたりする前に再考する機会が生まれる。そして、「あなたもＹＯＬＯ、私もＹＯＬＯ」の認識は、燃やせば骨と自己愛しか残らない人間ばかりの世の中を、時には温かいもの、美しいものにしてくれることもあるだろう。

ということで、Heavy Moon話もこれでお終い。人は燃やせば骨と自己愛しか残らないという、考えてみれば当たり前とも思えることを改めて言いたかっただけで、こうすれば腰の痛みが治るとか、こう考えれば家がゴミ屋敷のようになるのを避けられるとかいった実用的なアイデアは一つも含まれていない。しかし、自己愛の風景を見物したことで人生の味付けが少し変わり、前よりも何だか少し食べやすくなったと感じていただけたなら望外の喜びだ。そして筆を擱くに当たりしみじみ思うのは、決して小田実の『何でも見てやろう』タイプではない私が、誰に頼まれもしないのに執拗に書き続けたのは、やはりダイハード精神溢れるアメリカで40年余りの年月を暮らしたからなのだろうということだ。因みに、まだ実際に燃やしてみたわけではないので、本当に最後に骨と自己愛だけが残るかどうかは未確認だが、書き終わった後に残ったのは、ビリでもマラソンを完走したような爽快感だ。

木田橋　美和子（きだはし　みわこ）

1949年東京生まれ。国際PHP社のスタッフライターとして勤務した後、1978年に渡米。ニューヨークのコロンビア大学社会学部で修士号、博士号を取得。その間、日商岩井の広報誌『トレードピア』に３年間連載したコラムを元に学陽書房から『ニューヨークが見えてくる』を、サイマル出版会から社会学訳書『かくれたリズム』を出版。ニューヨーク講談社に勤務後帰国し、英国系市場調査会社に勤務。1990年に再度渡米し、個人で在米日本企業向け市場調査およびニューズレターの発行に携わった後、米国野村総合研究所に勤務。その間、ビジネス関連記事を多数寄稿。退職後はコロンビア大学客員研究員として様々な大学関係者と共に社会の高齢化に関する研究活動に参加すると同時に、JTBパブリッシング『ノジュール』誌に年齢に関するコラム「“加齢なる”世界へようこそ」を３年間連載。現在はビジネス翻訳業。

【出版歴】
『ニューヨークが見えてくる』（学陽書房）、『かくれたリズム』（ゼルババベル著、サイマル出版会、訳書）、『トレードピア』誌（日商岩井広報誌）に３年間コラム連載、『ノジュール』誌（JTBパブリッシング）に３年間コラム連載。その他、『クロワッサン』誌（マガジンハウス）、『日経情報ストラテジー』誌（日経BP）、『知的資産創造』誌（野村総合研究所）などでの記事多数。

人は燃やせば骨と自己愛しか残らない

在米生活40年以上、人生70年以上で遂に分かっちゃった！

2023年２月23日　初版第１刷発行

著　　者　木田橋美和子
発 行 者　中 田 典 昭
発 行 所　東京図書出版
発行発売　株式会社 リフレ出版
〒112-0001　東京都文京区白山 5-4-1-2F
電話（03）6772-7906　FAX 0120-41-8080
印　　刷　株式会社 ブレイン

ISBN978-4-86641-597-0 C0095
Printed in Japan 2023